De Waal & Baantjer

Een tien met een griffel

Lebowski Publishers, Amsterdam 2014

Voor (o)Ma Marijke

Omslagontwerp: Evert-Jan Hielema / XLent Hilversum
Foto auteurs: © Kenny Nagelkerke
Typografie: Perfect Service, Schoonhoven

ISBN 978 90 488 1922 5
NUR 331

www.simondewaal.nl
www.dewaalenbaantjer.nl
www.lebowskipublishers.nl

Lebowski Publishers is een imprint van Dutch Media Books bv

FSC www.fsc.org MIX Papier van verantwoorde herkomst FSC® C110751

e BOOK lebowski
Dit boek is ook leverbaar als e-book:
978 90 488 1923 2

EEN TIEN MET EEN GRIFFEL

Eerder verschenen in de reeks De Waal & Baantjer

Een Rus in de Jordaan
Een lijk in de kast
Een dief in de nacht
Een schot in de roos
Een rat in de val
Een mes in de rug
Een licht in de duisternis
Een wolf in schaapskleren
Een tip van de sluier

Hoofdstuk 1

Peter van Opperdoes sloot de deur van zijn woning aan de Brouwersgracht, haalde diep adem en glimlachte. De Jordaan rook weer vriendelijk vandaag. Geen uitlaatgassen of de stank van langspruttelende rondvaartboten, maar de frisse geur van een beginnende zomer en versgebakken brood waaide zacht over de straat. Van Opperdoes slenterde naar de Prinsengracht en hield even in om te kijken naar de plotselinge drukte van voetgangers en fietsers. Op de Noordermarkt was het boerenmarkt, die altijd honderden mensen trok, zeker nu het van dat heerlijke zomerweer was. Moeders met bakfietsen vol kleine kinderen, die zwoegend de brug over kwamen, streden om voorrang met de grote auto's van mensen van buiten de stad die gezellig een dagje Jordaan kwamen doen.

Op het terras van café Papeneiland, op de hoek van de Brouwersgracht en de Prinsengracht, zaten een paar oude mannen en vrouwen de wirwar van mensen en voertuigen te bekijken, waarbij ze soms vrolijk en soms hoofdschuddend op iedereen wel wat aan te merken hadden. Carlo, de uitbater van het café, kwam net naar buiten met koffie.

'Mogge, Peter...'

'Goedemorgen, Carlo. Lekker druk al.'

Carlo bleef staan met de kopjes in zijn handen en keek peinzend het terras over.

'Gekkenhuis gaat het worden. Straks wil iedereen zitten. En koffie. En appeltaart. En dan bier.'

'Goed toch?' glimlachte de rechercheur. Maar Carlo wiegde heen en weer met zijn hoofd, alsof hij daar nog niet zo zeker van was.

'Een klein terrasje vol... een paar mensen aan de bar... dat vind ik altijd wel fijn. Gewoon, m'n eigen klantjes uit de buurt. En dan op zo'n zaterdag een paar van buiten. Maar niet te veel. Ze zijn wel aardig, hoor. Maar met tientallen tegelijk...? Veel te luidruchtig. Allemaal van die gasten die willen opvallen. Met harde stemmen, biertje in de hand, en dan maar brallen.' Hij boog zich voorover naar Van Opperdoes en praatte zachtjes verder, alsof hij een geheim wilde delen. 'En ze hebben ook allemaal dezelfde kleren aan. Is je dat wel eens opgevallen? Een soort yuppenuniform. Dat is dan ineens in, net zoals je ineens overal van die bakfietsen op zag duiken. En die vrouwen maar trappen, de brug op. Rooie koppen, vloeken, en dan die kinderen die als kleine aapjes over de rand kijken.'

Van Opperdoes glimlachte. 'Ik weet het, Carlo. Maar zo gaan die dingen. Het verandert hier gewoon. En de Jordaan is leuk.'

Carlo knikte. 'Niet alle verandering is een verbetering. Maar goed. Je moet ook niet in het verleden blijven hangen. En dit is toch ook wel heel gezellig, nietwaar?' Hij keek naar zijn kopjes koffie. 'Die zijn koud. Ik ga even nieuwe halen. Wil je ook?'

'Nee, ik ga even wandelen.' Van Opperdoes zwaaide en liep door naar de Noordermarkt. Hij was milder dan Carlo in zijn oordeel over de drukte. Het was dan wel druk, en er liepen en reden veel mensen door elkaar, maar er hing een bijzondere sfeer die werd versterkt door het mooie weer. Het maakte de mensen gemoedelijk. Iedereen op de markt slenterde vrolijk langs elkaar heen, en nam de tijd om de inhoud van de kraampjes te bekijken.

Van Opperdoes liep met de stroom mee, en keek links en rechts naar wat er werd aangeboden. Hij kocht een versgebakken brood, haalde een onsje vers gesneden ham, en nam een krant aan die hem door een promotiegroepje van jonge mensen werd aangeboden.

De afgelopen week was best druk geweest en zijn vrije dag

was op deze manier goed begonnen, vond hij. Nadat hij de hele boerenmarkt over was gelopen, bleef hij even stilstaan bij de enorme drukte op het terras van café Winkel, op de hoek van de Westerstraat. Mensen stonden in de rij te wachten voor een plekje, en de gelukkigen die al een stoeltje hadden bemachtigd zaten vergenoegd met hun gezicht in de zon en prikten in hun punt verse warme appeltaart.

Toen hij terugliep langs Papeneiland, riep Carlo hem en wees op een lege stoel op zijn terras. 'Speciaal vrijgehouden voor jou. Het is tenslotte jouw stoel.'

Van Opperdoes glimlachte. Het was inderdaad precies het hoekje waar hij samen met zijn vrouw zo vaak gezeten had, toen ze nog leefde.

'Je koffie staat al te pruttelen. Ga lekker zitten.'

Ach, waarom ook niet, dacht Van Opperdoes. Mensen kijken is altijd leuk. Hoe later het werd, hoe drukker. De brug van de Brouwersgracht over de Prinsengracht werd bijna onbegaanbaar. Het was er nu stampvol met wandelaars, mensen die stil bleven staan om foto's te nemen, en fietsers die moesten afstappen omdat ze door de drukte geen vaart konden maken om de steile brug op te komen. Af en toe probeerde een auto om door de menigte heen te rijden, iets wat alleen maar heel voorzichtig en stapvoets lukte.

Toch kwam er een rust over de oude rechercheur, terwijl hij van zijn koffie slurpte. Ongemerkt had Carlo er een stuk appeltaart bijgezet. Van Opperdoes prikte zijn vork erin en genoot. Ook bij Papeneiland was er eigengemaakte appeltaart, die altijd geweldig smaakte.

'Zit je lekker?' vroeg zijn vrouw.

Van Opperdoes glimlachte. 'Ik wist dat je er nu zou zijn.'

'Ik ben er altijd, dat weet je toch?' Haar stem klonk bijna vermanend. 'Ik zeg niet altijd wat... maar ik ben er wel altijd.'

'Natuurlijk weet ik dat.' Van Opperdoes wist het ook. Hoe vreemd het ook klonk, sinds zijn vrouw was overleden voerde hij hele gesprekken met haar. Hij had geen idee hoe het kwam en of het echt was, maar het troostte hem enorm. De enige die ervan wist was zijn collega Jacob, en die droeg het geheim veilig bij zich. Ook Jacob had geen idee of Van Opperdoes werkelijk de stem van zijn vrouw hoorde, of dat het zijn onderbewustzijn was dat hem in de maling nam, maar dat interesseerde hem ook niet.

'Zit je lekker?' vroeg zijn vrouw nogmaals.

'Heerlijk.'

'Mooi zo. Geniet er maar even van.'

'Hoe bedoel je dat?' Iets in haar stem alarmeerde hem.

'Als het aan mij lag, zou je hier de hele dag lekker blijven zitten. Maar het is niet alleen maar aan mij.' Er klonk een glimlach door in de manier waarop ze het zei.

'Moet ik me ergens zorgen over maken?' vroeg Van Opperdoes.

'Welnee. Zo bedoel ik het helemaal niet.'

'Hm... Maar hoe bedoel je het dan wel?' vroeg hij, met een stuk appeltaart in zijn mond.

'Dat merk je wel. Ik laat je verder met rust, goed?'

'Ik heb geen last van je hoor, integendeel zelfs,' mompelde de oude rechercheur.

Hij zakte iets achterover in zijn stoel, en wist dat ze in zijn buurt bleef. Het maakte dat hij met een vredige glimlach de drukte om zich heen bekeek, terwijl hij toch helemaal in zijn eigen wereldje zat.

Het duurde een halfuur en hij was twee koppen koffie verder toen een auto op de Brouwersgracht bij de Lindengracht stilhield. De chauffeur stapte uit en liep naar het terras van Papeneiland toe.

'Peter?'

Van Opperdoes draaide zijn hoofd om. 'Jacob?'

'Ik ben al langs je huis geweest. Toen je niet opendeed dacht ik: die kan nooit ver weg zijn.'

Van Opperdoes glimlachte. 'Als je hier woont, is de Jordaan je wereld. Meer heb je niet nodig. Is er iets?'

Jacob knikte. 'Onze collega's van de Raampoort hebben gebeld. Ze hebben ons nodig.'

'Alsof ik het voelde...' bromde Van Opperdoes en goot zijn laatste slokje koffie naar binnen.

'Alsof jij het voelde?' zei zijn vrouw, waarna Van Opperdoes opstond en glimlachend bij Jacob instapte.

Jacob reed naar de Lauriergracht, waar een auto van de uniformdienst geparkeerd stond en een toegangsdeur naar een trapportaal geopend was. Zoals gebruikelijk hadden de agenten die het trappenhuis in gingen een matje tussen de deur gelegd zodat die niet in het slot kon vallen. Het was een goed gebruik om dat te doen, als je naar een melding ging en een trap op moest. Mocht je boven in de problemen komen, dan hoefden de collega's die je kwamen assisteren niet eerst de benedendeur te forceren, maar konden ze je direct te hulp schieten. Die paar seconden konden het verschil tussen leven en dood betekenen.

Van Opperdoes en Jacob liepen naar binnen. In het oude grachtenpand waren aan weerszijden van het trapportaal appartementen gevestigd. Op de eerste verdieping stonden twee agenten in uniform te wachten op de overloop. Ukkie, de boomlange agent van ruim twee meter, die op zijn eerste werkdag al zijn bijnaam kreeg, knikte de twee rechercheurs toe. Naast hem stond Vincent, de jonge agent van bureau Raampoort.

'Zo jongens...' begroette Van Opperdoes de twee agenten. Hij had al een paar keer met hen samengewerkt en wist dat het serieuze jongens waren die je om een boodschap kon sturen. 'Wat hebben we hier?'

‘Een dode mevrouw, meneer,’ antwoordde Ukkie.

‘Een mevrouw meneer?’ vroeg Jacob.

‘Een mevrouw.’ Ukkie wilde er nog iets achteraan zeggen, maar hield zijn mond.

‘Zijn jullie binnen geweest?’

‘Heel even,’ zei Vincent. ‘Maar toen we haar zagen liggen, zijn we meteen naar buiten gegaan. Ze is overduidelijk dood, dus een ambulance bellen had geen zin. En we wilden geen sporen vernietigen.’

Van Opperdoes bromde tevreden. Niet over het feit dat die dame dood was, maar over hoe Ukkie en Vincent het aangepakt hadden. Precies zoals hij het wilde op een plaats delict. Hij had het veel te vaak anders meegemaakt, vooral vroeger. Collega’s bleven binnen rondbanjeren, en iedereen wilde een kijkje komen nemen. Vooral de chefs hadden er een handje van om naar binnen te gaan, om ‘even rond te kijken’, maar dat deden ze dan uit pure nieuwsgierigheid. Van Opperdoes was daar allergisch voor, en stuurde ze altijd meteen weg. Het was zijn PD, zijn onderzoek. Maar nu viel er niemand weg te sturen, omdat deze twee agenten het goed gedaan hadden. De plaats van het delict veiligstellen, en de recherche waarschuwen.

‘Hebben jullie enig idee wie de dode vrouw is?’

Vincent schudde zijn hoofd. ‘Nee, meneer. We kregen een melding dat er iemand op de grond lag. Aan de overkant van de gracht kon iemand door het raam naar binnen kijken. Hij heeft ons gebeld.’

Onwillekeurig keken Van Opperdoes en Jacob door het raam van het trappenhuis naar de overkant. De gracht was niet heel erg breed, dus het zou heel goed kunnen.

‘Wat voor iemand was dat?’ wilde Jacob weten.

‘Een keurige oudere heer. Een beetje slecht ter been. Heeft niet veel anders te doen dan voor het raam zitten en naar buiten te kijken. Hij zei dat hij geen gluurder is of zo, maar dat het hem wel opviel.'

'Zijn jullie bij hem binnen geweest?' vroeg Jacob.

Vincent knikte. 'Het klopt precies wat hij zegt. Je kijkt zo schuin naar binnen. En inderdaad... je ziet haar liggen.'

Van Opperdoes keek Jacob aan en trok lichtjes zijn schouders op. Op die manier was het goed te verklaren.

'Laten we maar eens binnen kijken.'

Als vanzelf haalde Jacob een paar plastic handschoenen uit zijn jaszak, terwijl Van Opperdoes zijn handen juist diep in zijn broekzakken verborg. Het was het automatisme waaraan je de ervaren rechercheurs kon herkennen. Jacob duwde de deur open, waarbij hij ervoor zorgde dat hij de deurkruk niet aanraakte. Voorzichtig liepen ze naar de woonkamer, dicht langs de muren. Op die manier kwamen ze niet in de 'logische route' die een eventuele moordenaar in de woning gelopen zou hebben.

Vanuit het halletje kwamen ze in de woonkamer, waar een jonge vrouw op de grond lag. Haar blauwe ogen waren open en ze staarde naar het plafond. Het was inderdaad meteen duidelijk dat ze was overleden. Haar gezicht was iets vertrokken en in haar ogen was angst te zien, maar zelfs nu was ze nog steeds van een uitzonderlijke schoonheid. Haar huid leek op fluweel en haar lange blonde haren lagen als een grote wilde waaier om haar hoofd heen.

'Zie je dat? Het lijkt wel een soort aura...' fluisterde Jacob.

Van Opperdoes knikte langzaam. 'Zelfs de dood kon haar niet lelijk krijgen.'

Hoofdstuk 2

Peter van Opperdoes liep heen en weer op de Lauriergracht. Hij keek naar de overkant van de gracht en zag een man voor het raam staan. De man keek naar Van Opperdoes en knikte langzaam. Dat zal hem zijn, dacht Van Opperdoes.

Jacob kwam ook naar buiten en Van Opperdoes draaide zich naar hem toe. 'Heeft de meldkamer gezegd hoe lang het gaat duren voordat de schouwarts er is?'

Jacob schudde zijn hoofd. 'Nee, want dat weet je maar nooit. Weet je dat ik laatst twee uur heb staan te wachten op de GGD? Hangt er maar net van af hoe druk het is.'

Van Opperdoes wees naar de overkant. 'Dan hebben we wel even tijd om met die man te praten.'

Ze liepen via de Lijnbaansgracht naar de overkant van de Lauriergracht, en voordat ze aan konden bellen klonk er al een doffe klik bij de voordeur, die daarna langzaam openzwaaide.

'Komt u maar naar boven, ik dacht wel dat u mij zou willen spreken.'

De trap was steil en donker, zoals van zoveel woningen in de Jordaan. Als deze man slecht ter been is, snap ik dat hij niet veel buiten komt, dacht Van Opperdoes. Boven werd een deur geopend waarna het licht het trapgat in scheen. Een donkere schaduw werd zichtbaar.

'Het lampje is stuk. Sorry.'

Van Opperdoes hield zich goed vast aan de leuning van de trap. 'Het gaat wel.'

De man boven aan de trap liep met twee krukken. Voorzichtig liet hij er een los en stak zijn hand uit naar Van Opperdoes.

'Robbert Koolhoven.'

'Van Opperdoes. Dit is mijn collega Jacob.'

Robbert Koolhoven liep moeizaam naar het raam en ging zitten in een comfortabele stoel. 'Het spijt me dat ik u werk heb bezorgd op deze mooie zaterdag.'

Van Opperdoes liep naar het raam en keek naar buiten. Vanaf deze plek had je inderdaad zo inkijk in de woning aan de overkant. Voordat ze de plaats delict verlieten, hadden de twee rechercheurs het gordijn aan de overkant dichtgetrokken, zodat nu niemand meer zicht had op het lichaam.

'Ik ben blij dat u zo oplettend was.'

Robbert Koolhoven slikte even. 'Ik heb meteen gebeld toen ik haar zag liggen. Ze is dood, neem ik aan?'

'Ja, ze is dood.'

'Daar was ik al bang voor. Je ziet het. Je voelt het. Iemand zou misschien zo kunnen liggen slapen, in extreme omstandigheden, maar dit... nee. Ik voelde meteen dat ze dood was. Zo triest.'

'Tja.'

Robbert Koolhoven keek omhoog naar Van Opperdoes. 'Wat wilt u weten?'

'Hoe laat zag u haar?'

'Rond een uur of elf, denk ik. Ik ben lang in bed blijven liggen. De buurman had de krant boven bij me neergelegd. Dat doet hij altijd, pakt ie de krant en legt hem even bij mijn deur. Heel aardig. Dus die ben ik gaan lezen, met een kop koffie erbij. Toen douchen, en daarna kwam ik eigenlijk pas de kamer in. Mijn slaapkamer en de keuken zijn aan de achterkant van het huis. Dus pas tegen elf uur keek ik de gracht op.'

'En wanneer heeft u voor het laatst naar de overkant gekeken... en haar niet gezien? Wanneer was alles voor de laatste keer normaal, zeg maar?'

Robbert keek uit het raam. 'Tja... wanneer. Gisteren? Gisteravond? Ik weet het niet. Ik wil niet overkomen als iemand die de hele dag naar de overkant aan het staren is. Ik ben geen gluurder.'

'Dat denken we ook zeker niet, meneer Koolhoven. Maar...' Van Opperdoes wees op de krukken. 'U heeft waarschijnlijk niet veel anders te doen.'

Robbert Koolhoven schudde zijn hoofd. 'Nee... een nieuwe heup. Tot ik weer kan lopen heb ik een soort huisarrest. Maar ik vermaak me wel. Ik kijk niet alleen naar buiten, ik kijk ook veel films. Die kan je gewoon via je televisie bekijken. En anders wel op de computer. Ik ben gek op films.'

Er viel een stilte. Koolhoven weifelde even, maar stelde toch de vraag die hem kennelijk al even had beziggehouden.

'Was ze blond?'

'Sorry?' vroeg Van Opperdoes.

'Was ze blond? Lang blond haar? Mooie vrouw? Ik kon vanuit hier haar gezicht niet zien, of haar haren. Dat lag buiten beeld, zeg maar.'

'Ze was inderdaad blond. Lang blond haar. Woonde ze daar dan?'

'Nee, nee. Daar woont een man. Jaar of dertig. Maar zij kwam wel eens bij hem langs.'

'Weet u dan misschien wie ze is? Of hoe ze heet?' vroeg Jacob.

'Nee, dat niet. Ik zag haar alleen af en toe. Hij woonde daar. En als het diezelfde blonde vrouw is... dan woonde zij op de tweede verdieping.'

Van Opperdoes keek Jacob aan.

De kleine Volkswagen van de GGD Amsterdam draaide de Lauriergracht op en parkeerde achter de auto van Jacob. Inmiddels waren er meer agenten gearriveerd en was de Lauriergracht tussen de Laurierdwarsstraat en de Lijnbaansgracht afgesloten.

Cathelijne de Wind, de schouwarts, stapte uit en liep naar Van Opperdoes toe.

Van Opperdoes mocht haar graag. Ze was een zorgvuldige schouwarts, die niet snel iets over het hoofd zag. Hij schudde haar hartelijk de hand.

'Dokter.'

Ze glimlachte. 'Rechercheur Van Opperdoes. Wat hebben jullie?'

'Een dode dame op de eerste verdieping.'

'Misdrijf?'

Van Opperdoes keek Jacob aan. Hij wist het werkelijk nog niet. Er waren zo op het eerste oog geen verwondingen te zien, maar de blik in haar mooie ogen verried angst. Misschien had het een lichamelijke oorzaak, en voelde ze de dood naderen, maar wellicht was er ook iets anders gebeurd. Zo legde hij het ook uit aan Cathelijne, die haar handschoenen aantrok en vervolgens de twee rechercheurs volgde naar de eerste verdieping.

Cathelijne nam alle tijd. Ook iets waar Van Opperdoes haar alleen maar complimenten voor kon geven. Niet alleen het lichaam had haar interesse, ook de omstandigheden waaronder het gevonden was waren van belang.

Ze bekeek de deur voordat ze naar binnen ging, en liep heel langzaam door het huis heen totdat ze bij het lichaam kwam. Ze stond een moment stil en bekeek zwijgend het lichaam van alle kanten. Toen ging ze er op haar knieën naast zitten, met haar handen op haar rug. Het enige wat ze deed was het van dichtbij bekijken. Van Opperdoes en Jacob stonden erbij en zeiden niets. Inmiddels wisten ze wel dat ze haar geconcentreerd moesten laten werken. Pas na een paar minuten haalde Cathelijne haar handen van haar rug en raakte ze, heel zacht, het gezicht van de dode vrouw aan. Ze trok een ooglid verder naar beneden en bekeek het oogwit dat nu beter zichtbaar werd.

'Nou, dat gaat snel...' zei ze zacht.

Van Opperdoes kwam iets dichterbij. 'Wat gaat snel?'

Cathelijne hield met haar vinger het ooglid naar beneden en wees met haar andere hand naar de kleine zwarte puntjes die zichtbaar waren in het oogwit. Vervolgens legde Cathelijne haar hand op de keel van de dode vrouw en voelde daar voorzichtig.

'Het lijkt alsof het strottenhoofd stuk is. Verbrijzeld. De puntjes duiden op verstikking. Ik denk dat deze vrouw gewurgd is.'

Ze bekeek de hals en nek. 'Ik zie geen blauwe plekken van vingers. Ik denk dat ze van achteren is vastgepakt, arm om de keel, strak aangetrokken. Het is vrij snel gegaan, schat ik. Niet eens een gevecht.'

'Iemand die groter en sterker was?'

Cathelijne weifelde. 'Dat hoeft niet eens. Het kan. Maar het verrassingseffect van iemand die ineens achter je opduikt en je vastpakt, is groot. Dan kun je niet veel meer doen, tenzij je een getrainde vechter bent.'

'Een duidelijk misdrijf dus.'

Cathelijne keek Van Opperdoes met een opgetrokken wenkbrauw aan. 'Het lijkt me in ieder geval geen vorm van euthanasie.'

De oude rechercheur keek even naar Jacob, die zijn mobiele telefoon al pakte. 'Ik bel de technische recherche.'

Van Opperdoes liep de trap op naar de tweede verdieping van het pand. De overloop daar gaf toegang tot twee appartementen. De deur aan de linkerkant was gesloten, maar de deur aan de rechterkant stond op een kier. Een oude vrouw keek door het spleetje naar de twee rechercheurs. Van Opperdoes liep op de deur af, maar voordat hij iets kon zeggen, smeet het oude vrouwtje de deur dicht.

'Mevrouw?' probeerde Van Opperdoes.

Het bleef stil.

'Mevrouw? Wij zijn van de recherche. Mogen we u iets vragen?'

'Liever niet,' klonk een iel stemmetje.

'Maar het is belangrijk.'

Het duurde een halve minuut, toen ging de deur weer open. De vrouw keek hen met grote ogen aan. 'Ik ben bang. Allemaal mensen in ons huis. Politie voor de deur.'

'Dat kan ik me voorstellen, mevrouw. Toch is het nodig. Beneden is iets ergs gebeurd.'

'Er is vast iemand dood. Zoveel gedoe en politie.'

'Dat klopt.'

'Die arme jongen van beneden. Daar zijn jullie toch in huis? Dat was een aardige jongen.'

Van Opperdoes schudde zijn hoofd. 'Nee, mevrouw. We denken dat het iemand anders is. Een blonde vrouw. Misschien uw overbuurvrouw, hier tegenover.'

Het vrouwtje sloeg onthutst een hand voor haar mond.

'Nee? Echt waar? Maar zij is ook zo aardig.'

'U kent haar natuurlijk.'

'Ja! Ze deed altijd boodschappen voor me. Dan liep ze naar de Elandsgracht, naar die grote supermarkt. Die hebben lekkere dingen. Als ik wat nodig had, nam zij dat voor me mee. Dood? Hoezo dood? Wat is er gebeurd dan?'

'Weet u hoe ze heette?' Van Opperdoes wilde geen details prijsgeven.

'Ja, natuurlijk weet ik dat. Sylvia, heette ze. Sylvia Oosterbaan. Echt heel aardig. O, wat erg.'

Jacob schreef de naam op, en ging even naar beneden om te bellen met de Raampoort. Daar zat vast wel iemand die de naam en het adres even door de politiecomputer kon halen. In dit geval was alle informatie snel nodig. Zoals altijd waren de eerste uren na de ontdekking van het misdrijf erg belangrijk voor het verloop van het onderzoek. Jacob kreeg Jan Rozenbrand aan de telefoon, de wachtcommandant van bureau Raampoort. Jan gaf aan dat hij alles zou natrekken en dat hij Jacob daarna meteen zou terugbellen. Jacob verbrak de verbinding en zag Cathelijne op hem aflopen met een formulier in haar hand. Het was het artikel 10-formulier, zoals rechercheurs het noemden. Volgens artikel 10 van de Wet op de Lijkbezorging waren schouwartsen verplicht dit in te vullen, bij een vermoeden van niet-natuurlijk overlijden.

‘Hier is het, Jacob. Overlijden vermoedelijk ten gevolge van mechanisch geweld van buitenaf.’

Dat was de officiële term voor iedere invloed op een lichaam die geen natuurlijke oorzaak had, zoals een hartaanval of een hersenbloeding.

‘Doodsoorzaak waarschijnlijk verstikking, maar een sectie zal dat moeten bevestigen. Het tijdstip van overlijden is trouwens niet eens zo heel lang geleden. Ik denk misschien een uur of twee, drie. Jullie waren er snel bij. Helaas niet snel genoeg.’

Jacob nam het formulier aan. ‘Daar hebben we wel vaker last van bij de recherche. Je komt altijd achteraf. Daarom is ons werk ook zo lastig. Je begint altijd met een achterstand.’

Cathelijne glimlachte. ‘Je komt er wel uit.’

‘Ik hoop het. Dank je wel.’

Cathelijne zwaaide nog en liep het pand uit. Toen zij naar buiten liep, kwamen net twee rechercheurs van de technische recherche naar binnen. Jacob schudde hen de hand.

‘Jullie lossen elkaar mooi af.’

Hugo Pastoor wees op het formulier. ‘Wat concludeert ze? Dan kunnen we er rekening mee houden bij het zoeken.’

Jacob lichtte hen kort en zakelijk in. Hoe de vrouw was aangetroffen, en wat de schouwarts had gevonden bij haar onderzoek. Hugo keek naar zijn collega Ton van Maan.

‘Goed. We doen hier het eerste onderzoek op het lichaam,

dan kan het daarna naar het VU. Ik denk dat we morgen het sectierapport hebben. Dan gaan we hier aan de slag in de woning. Nog iets anders speciaals? Ben je alleen, trouwens?'

Jacob schudde zijn hoofd. 'Van Opperdoes is boven, bij een getuige. Het slachtoffer woonde daar namelijk. Ze is niet in haar eigen huis gevonden, maar een verdieping lager, in het appartement van een man. Die hebben we nog niet gezien of gesproken. Zij scheen daar overigens wel vaker te komen.'

Hugo keek Ton aan. 'Dan hebben we twee woningen om te onderzoeken. We kunnen haar woning natuurlijk niet links laten liggen als ze zelf hierboven woonde. Dat moeten we meteen meenemen. Ik ga een extra koppeltje bellen.'

'Heel goed,' zei Jacob. 'Jullie zijn hier dus wel even bezig. Hou ons op de hoogte.'

Hugo knikte en liep naar de grote witte bus, waar ze al hun spullen in hadden liggen. Maar dat was niet het enige wat ze zouden gaan gebruiken. Hugo voorzag dat dit onderzoek lang zou kunnen duren. Hij belde met de centrale meldkamer en liet de forensische container komen. De container, waar computers, bureaus en stoelen in zaten, en die verder van alle gemakken voorzien was, stond 24 uur per dag klaar om ingezet te worden. Dat werd dan een uitvalsbasis van waaruit het hele technische onderzoek geleid zou kunnen worden en waar alle resultaten verzameld werden. Met twee grote onderzoeken, die waarschijnlijk de hele dag zouden duren, was dat wel nodig.

Jacob zag dat Hugo alles aan het regelen was, en wist dat het goed zou gaan. Dat kon je wel aan Hugo en Ton overlaten. De technische recherche, die nu officieel eigenlijk afdeling Forensische Onderzoeken heette, had de laatste jaren een enorme inhaalslag gemaakt.

Jacob liep de trap op richting Van Opperdoes, toen zijn telefoon ging.

'Jacob?' De stem van Jan Rozenbrand klonk serieus.

'Ja?'

'Die Sylvia Oosterbaan... die kennen we. Toen ik haar door het systeem haalde, kwam er een hele lijst naar boven. Ze heeft veel meldingen gedaan. Ze heeft een ex-vriend die haar lastig bleef vallen en bleef stalken. Hij bedreigde haar zelfs, stond daar regelmatig voor de deur. Een tijdje geleden is hij opgepakt, nadat hij had gedreigd haar te vermoorden.'

Jacob bleef stilstaan op de trap en liet de boodschap even tot zich doordringen. Zelden hadden ze zo snel op het spoor van een mogelijke dader gezeten.

Hoofdstuk 3

Peter van Opperdoes zat peinzend op de stoep van de Lauriergracht en keek om zich heen. Inmiddels was de gracht afgezet met hekken voorzien van zwart plastic, zodat het zicht op het huis werd afgeschermd. Achter de gordijnen op de eerste verdieping, de feitelijke plaats delict, brandde fel licht en waren de technische rechercheurs begonnen met het eerste onderzoek. De forensische container van de technische recherche was inmiddels gearriveerd en werd door een grote vrachtwagen met veel lawaai langzaam op de gracht geplaatst. Op de Lijnbaangracht en de Marnixstraat stonden ondertussen veel mensen die een glimp probeerden op te vangen van het onderzoek. De eerste journalisten met grote camera's stonden aan de hekken te zwaaien met hun perskaart. Van Opperdoes zag het allemaal hoofdschuddend aan.

'En?' vroeg Jacob, die naast hem kwam zitten.

De oude rechercheur rechtte zijn rug. 'Ik ben er klaar mee. We gaan hier niet zitten afwachten tot ze het technisch onderzoek afgerond hebben. Er zijn twee dingen die we nu beter kunnen doen.'

'En dat zijn? Ik kan het wel raden, maar ik wil het jou horen zeggen.'

Van Opperdoes keek zijn collega geamuseerd aan. 'Inderdaad, zo moeilijk is het niet. De ex-vriend van het slachtoffer zoeken. En dan is de tweede vraag... waar is de bewoner van het pand waar zij is gevonden? Wat deed ze daar eigenlijk? En hoe kwam ze daar binnen?'

Jacob haalde zijn schouders op. 'Misschien heeft de bewoner

haar vermoord en is hij daarna in paniek gevlucht. Misschien heeft de ex-vriend haar betrapt in de woning van die andere man, en is hij door het lint gegaan.’

Van Opperdoes knikte langzaam, fronste en stond op. ‘Ik wil nog een keer naar binnen.’

‘Maar die jongens zijn daar onderzoek aan het doen. Die zijn niet blij als jij naar binnen wilt.’

‘Het is mijn onderzoek, dus dan wachten ze maar even. Ik zal heel voorzichtig doen.’

Hij stond op en liep naar binnen, gevolgd door Jacob. Die glimlachte, want hij wist nu al hoe Hugo Pastoor zou reageren.

Hugo stond inderdaad met zijn armen over elkaar voor de toegangsdeur van de woning op de eerste verdieping.

‘Je mag wel naar binnen, maar alleen met hoesjes over je schoenen, handschoenen aan en een mutsje op. Nu ben ik verantwoordelijk voor de PD.’

Van Opperdoes keek niet blij, maar kon er weinig tegen inbrengen. Brommend trok hij alles aan, terwijl Jacob geamuseerd toekeek.

‘Ik zou eigenlijk een foto van je moeten maken. Je ziet er niet uit.’

‘Ga jij ook mee naar binnen?’ vroeg Hugo aan Jacob.

Jacob wilde nee schudden, maar Van Opperdoes was sneller. ‘Jazeker, ik heb hem nodig.’

Hugo hield Jacob het mutsje voor, Jacob griste het uit zijn handen. ‘Ja, ja... nodig...’

Grijnzend wachtte Van Opperdoes tot Jacob alles aan had getrokken, waarna ze klaar waren om de woning in te gaan. Hugo, die in zijn witte overall liep, haalde Ton uit de woning waar het slachtoffer lag. Hij kende Van Opperdoes inmiddels, en wist dat hij op dit moment alleen in de woning wilde zijn.

‘Klaar?’ vroeg Van Opperdoes aan Jacob.

Jacob knikte, en samen gingen ze weer naar binnen.

Het lichaam van Sylvia Oosterbaan lag nog op dezelfde plek, alleen hadden Hugo en Ton haar nu ontkleed en op een wit plastic zeil gelegd, samen met haar spullen. Haar lichaam was afgedekt met een laken, maar haar hoofd was nog zichtbaar. Van Opperdoes keek naar de spullen die de technisch rechercheurs hadden veiliggesteld: kleding, sleutels, een mobiele telefoon. Meer had ze niet bij zich.

Hij bukte en pakte het bosje sleutels. 'Kijk, twee verschillende sleutels, maar wel van hetzelfde merk.' Hij liep naar de toegangsdeur en probeerde de sleutels. Een bleek er te passen.

'Zullen we wedden dat de tweede van haar eigen woning is, op de verdieping hierboven? Beide sleutels zitten aan het bosje, dus zij had zelf ook een sleutel van deze woning. Dat betekent dat ze er vaker kwam, of in ieder geval zo naar binnen kon.'

Jacob haalde zijn schouders op. 'Dat klopt met wat Robbert Koolhoven aan de overkant van de gracht heeft gezien. Ze was hier vaker.'

Van Opperdoes keek rond. 'Zou ze een relatie met de bewoner hebben gehad? Weten we al iets over wie hier woont, trouwens?'

'Jan Rozenbrand is het aan het uitzoeken via het bevolkingsregister. Hij zal mij zo wel terugbellen.'

Van Opperdoes keek om zich heen. 'Misschien zijn wij wel sneller.'

Hij liep naar het slachtoffer en bleef een moment naast haar staan. Toen zakte hij door zijn knieën en met een rustige, bijna devote beweging veegde hij met zijn hand over haar gezicht en sloot haar blauwe ogen. Hij bleef even zwijgend zitten. Jacob herkende het ritueel.

'Dat doe je altijd...' zei Jacob toen Van Opperdoes weer omhoog kwam.

De oude rechercheur knikte zwijgend.

'Het lijkt er op alsof... het is geen bidden, maar wat...' Jacob probeerde onder woorden te brengen wat hij dacht. 'Alsof je een soort belofte doet?'

Van Opperdoes haalde zijn schouders op. 'Misschien doe ik dat ook wel. Iemand is vermoord, heeft de meest angstige momenten meegemaakt die er bestaan. En vervolgens hebben wij de verantwoordelijkheid om de dader op te sporen. Dat is een zware verantwoordelijkheid en die neem ik dan ook heel serieus.'

'Dus je doet een belofte?'

'Misschien wel, ja.'

Jacob ging er verder niet op door. Zijn inschatting klopte en hij vond het een mooi gebaar.

Nu hij haar ogen gesloten had, trok Van Opperdoes het laken over haar gezicht en liep weg bij het lichaam. Het was alsof hij hiermee een emotioneel gedeelte van het onderzoek had afgesloten, waarna hij zich nu volop op de moord kon richten. Hij keek om zich heen en observeerde alles nauwlettend. De woonkamer was er typisch een van een man: niet opgeruimd, veel geluidsapparatuur en een grote televisie, waaromheen dvd's en cd's lagen. Op de tafel lagen wat kranten en reclamefolders. Er stond een kast in de kamer met geopende deuren, maar toen hij erin keek, vond hij niets van betekenis. Ook Jacob keek rond, in en onder de bank. Toen ze de woonkamer grondig hadden doorzocht, richtten ze zich op de rest van het huis. Van Opperdoes liep naar de slaapkamer, waar de kastdeuren ook openstonden. Het middelgrote bed in de kamer was onopgemaakt en leek aan één kant beslapen.

Van Opperdoes keek in een kastje bij het bed en vond daar wat persoonlijke papieren, zoals een ov-chipkaart met een onduidelijke pasfoto en een zorgpas van een verzekeringsmaatschappij.

'Dit zal hem dan wel zijn...' Zijn naam was Dennis Koster en hij bleek 34 jaar oud te zijn.

'Waar ben je, Dennis... en wat heb je gedaan?' vroeg Van Opperdoes zich zachtjes af.

Voor de deur van bureau Raampoort stond wachtcommandant Jan Rozenbrand.

'Sta je van het zonnetje te genieten?'

'Ik geniet van alles. De zon, de stad, m'n werk.'

Van Opperdoes glimlachte. 'Dan ben je een gelukkig mens.'

Rozenbrand haalde zijn schouders op. 'Waarom zou ik dat niet zijn? Hoe is het met de Lauriergracht?'

'Dat wordt zoeken naar twee mannen.'

Rozenbrand glimlachte. 'Eentje van één hoog, Dennis Koster... en de ex-vriend van het slachtoffer, Martin Simons.'

'Precies. Dat weet je goed. En heb je inmiddels wat meer informatie uit de systemen?'

Rozenbrand haalde een papiertje tevoorschijn en bekeek zijn aantekeningen. 'Die Martin Simons, dat heb ik al doorgegeven aan Jacob. Vervelend mannetje. Stalker, bedreiger, geweldpleger... noem maar op. Hij is ook een bekende in het uitgaansleven. Veel naar kroegen, en dan drinken en snuiven en rotzooi trappen. Hij zou heel goed jullie mannetje kunnen zijn. Een potentiële verdachte, zou ik zeggen.'

Van Opperdoes knikte. 'Heel goed mogelijk. En Dennis Koster, de bewoner? Heb je daar ook al informatie over?'

'Ja en nee. Ik heb informatie, maar dat is eigenlijk geen informatie. Hij heeft geen antecedenten, en alleen maar een paar meldingen van kleine dingen. Maar hij is nooit opgepakt.'

'Heeft hij werk? Misschien is hij naar zijn werk, en zou zij komen schoonmaken of zo?'

'Dat staat niet in ons systeem, of hij werk heeft.'

'Auto?'

Rozenbrand keek weer in zijn aantekeningen. 'Dat wel. Hij heeft een paar keer een overtreding begaan, dat staat geregistreerd. Die auto staat ook op zijn naam in het systeem. Een Volkswagen Golf.' Hij gaf het briefje aan Van Opperdoes.

'Goed gedaan, Jan, dank je wel. We houden je wel op de hoogte.'

Van Opperdoes en Jacob liepen bureau Raampoort binnen, groetten de collega's van de uniformdienst die achter de balie stonden en liepen links de deur door naar de grote monumentale trap van het bureau.

'Weet je dat er geruchten zijn dat ze dit bureau gaan sluiten?'

Van Opperdoes stond stil voor de onderste tree van de trap.

'Wat zeg je nou?'

'Die hele nationale politie wil centraliseren. En dit bureau zou dan dichtgaan.'

Van Opperdoes beklom langzaam de trap. 'Ze zijn gek. Welk bureau blijft er dan open?'

'De Lijnbaansgracht, bij het Leidseplein.'

'En niets in de hele noordelijke Jordaan? Dat is stom, zeg. In zo'n pure volkswijk het bureau sluiten is vragen om problemen. Je moet agenten in de wijk hebben, die van de buurt houden, en voelen wat er leeft.'

'Ik ben het met je eens. Maar ja... wij nemen de beslissingen niet.'

Van Opperdoes schudde mopperend zijn hoofd. 'Nee, stel je voor... ze zullen eens een keer luisteren naar de mensen die er verstand van hebben. Ach Jacob... ik heb inmiddels al zoveel reorganisaties meegemaakt. We gaan nu weer terug naar de situatie van begin jaren tachtig. Zes districten, zes bureaus. Meer niet. En toen vond iedereen ineens dat de politie terug de wijk in moest... dus wat gebeurde er? Zesentwintig wijkteams kwamen er. Kleine bureaus, dicht bij de mensen. Het was een toverwoord, decentraliseren. En nu moeten we dus weer centraliseren? Het is een golfbeweging. Over tien jaar moeten we weer onder de mensen, let maar op.'

'Waarschijnlijk wel, ja.'

'We zien het wel.' Van Opperdoes keek op zijn papiertje. 'Laten we gewoon ons werk maar doen. Daar zijn wij dan weer goed in.'

Jacob glimlachte. Hij zat nog niet lang genoeg bij de recherche om al die veranderingen meegemaakt te hebben, maar dat alles in een golfbeweging ging had hij al veel vaker gehoord van de oudere collega's. Iedereen haalde zijn schouders op, en probeerde zo goed mogelijk zijn werk te doen.

'Wil je koffie?' vroeg Jacob, en op dat moment besefte Van Opperdoes dat de kop koffie bij Papeneiland die ochtend het laatste was geweest wat hij die dag had gedronken.

'Mijn broodje ligt nog achter in de rechercheauto,' zei de oude rechercheur sip.

Jacob moest lachen. 'Is dat je antwoord? Moet ik het even halen voor je?'

Van Opperdoes schudde zijn hoofd en keek op de klok in de kamer. Het was inmiddels bijna vier uur. 'Komt straks wel. Er zit toch niks op.'

'We zijn aan één stuk door bezig geweest. Moet ik wat te eten halen voor je?'

Van Opperdoes schudde nogmaals zijn hoofd. 'We moeten even een paar dingen op de rails zetten. We hebben twee mannen, één auto, en een paar telefoonnummers.'

'Zal ik een bericht eruit gooien naar alle collega's op straat, dat ze naar die auto uitkijken?'

'Dat is een goed begin. Dan wil ik de verblijfplaats van die ex-vriend hebben. Laten we daar naartoe gaan, voorlopig is dat iemand met een mogelijk alibi.'

Jacob startte zijn computer al op, terwijl Van Opperdoes

naar boven liep. Onder aan de trap die naar de zolder leidde bleef hij even staan luisteren. Meestal, als hun collega IJsselstein er was, klonk er wel wat gerommel. Hij riep naar boven, maar het bleef doodstil.

Op het bord in de recherchekamer stond het telefoonnummer van IJsselstein gekrabbeld. Van Opperdoes kon niet ontkennen dat hij er wel plezier in had om hem op zijn vrije dag te bellen.

'Ja, wat moet je?' werd de telefoon beantwoord.

'IJsselstein?' vroeg Van Opperdoes.

'Ik ontken alles. Ik ben er niet. Wie ben je?'

'Ik heb je nodig.'

Er klonk een zware zucht aan de andere kant van de lijn. 'Ik had nooit verwacht dat ik jou die woorden nog eens zou horen uitspreken. Jij hebt me nodig en op een zaterdagmiddag nog wel.'

Van Opperdoes grinnikte. 'Het spijt me.'

'Het spijt je helemaal niet, aansteller... maar goed, wat wil je van me?'

'We hebben een moord op de Lauriergracht, en twee mannen naar wie we dringend op zoek zijn. Kan je ons daar bij helpen?'

Het bleef heel even stil. 'Vooruit dan maar, ik kom er aan. Geef me een halfuurtje.'

Er klonk een droge klik en de verbinding was verbroken. Van Opperdoes wist wel dat IJsselstein zou komen. Het was een vreemde snuiter met een gebruiksaanwijzing, maar als je hem nodig had dan was hij er altijd. Nu dus ook.

Jacob gaf een goedkeurend klopje op zijn computer. 'Braaf zo...'

'Wat is er?'

'Hij doet precies wat ik wil. In één keer nog wel.'

'En wat wilde je dan?'

‘Het kenteken van Dennis Koster rondsturen naar alle collega’s. En een adres vinden van stalker Martin Simons.’

Van Opperdoes keek op. ‘Een recent adres?’

Jacob knikte. ‘Wil je hem gaan aanhouden?’

De oude rechercheur stond op en ging voor het raam staan. De zon speelde met de Jordaan en schitterde in het water van de Bloemgracht. Van Opperdoes kon elke dag weer opnieuw verliefd worden op zijn stad. Langzaam haalde hij zijn schouders op.

‘Ik zou het wel willen, maar wat hebben we? Een mooie vrouw, die vermoord is. En een man die haar volgde en bedreigde. Ja, hij heeft dus een motief. Maar voorlopig hebben we geen getuigen. De man aan de overkant van de gracht heeft niets verdachts gezien... en de oude dame op de tweede verdieping heeft niets gehoord. Dus wat kunnen we?’

‘Met hem praten?’ vroeg Jacob.

Van Opperdoes draaide zich om. ‘Ja, dat is voor nu het enige wat we kunnen doen, vrees ik. Een andere mogelijkheid is om te wachten tot we iets van een bewijs hebben, maar ik wil liever zo snel mogelijk weten met wie ik te maken heb. Kom, we gaan.’

Hoofdstuk 4

Jacob draaide de rechercheauto van de parkeerplaats aan de Marnixstraat, en reed in de richting van het hoofdbureau. Het was te merken dat de winkels gingen sluiten, overal in de straten liepen mensen met de armen vol pakjes en zakjes, en de Rozengracht stond vol auto's die de stad verlieten. Jacob keek even naar de drukte.

'Daar ga ik niet doorheen. Ik pak de Weteringschans wel.'

Hij reed rechtdoor tot aan het Leidseplein en draaide toen de trambaan op, terwijl hij een plastic bordje met de tekst POLITIE achter de voorruit legde. Op het drukke Leidseplein moest hij aan alle kanten uitkijken, want de vele toeristen hadden geen idee waar het verkeer allemaal vandaan kon komen.

Maar eenmaal op de Weteringschans kon hij doorrijden. De Weteringschans en de Marnixstraat vormden een lange weg, die door alle hulpdiensten gebruikt werd omdat het in Amsterdam de enige doorgaande weg van oost naar centrum en west was.

Jacob reed tot aan het einde van de Sarphatistraat, waar de inmiddels honderden jaren oude windmolen De Gooyer stond.

Van Opperdoes boog zich naar voren toen ze stilstonden voor de stoplichten. 'Moet je kijken hoe hoog dat ding is. Prachtig... en dat midden in de stad.'

'Ze brouwen daar ook lekker bier,' glimlachte Jacob.

'Ja, dat weet jij dan weer.'

Jacob reed de Czaar Peterstraat in, en sloeg toen rechtsaf richting de Blankenstraat.

'Zet hem daar maar neer, bij de Engel. Dan staan we uit het zicht van de woning.'

Jacob stapte uit en keek naar het gebouw, waar een groot standbeeld van een engel met wijd opengesperde vleugels op een grote sokkel stond.

'Wist je dat ze hier opnamen hebben gemaakt voor die politieserie *Baantjer*?'

'Echt?'

'Dit was het politiebureau. Zowel de binnenkant als de buitenkant.'

'Jij hebt rechercheur De Cock toch gekend?'

'Gekend? Ik heb met hem samengewerkt. Jarenlang. Aardige kerel was het, en een uitstekende rechercheur. Heb veel zaken met hem gedraaid op de Warmoesstraat.'

'Werkt hij nog?'

'Welnee. Hij is met pensioen gestuurd. Al een tijdje geleden. En dat heeft hij verdiend ook.'

Van Opperdoes draaide zich om naar het begin van de Blankenstraat. Daar, op nummer vier, woonde Martin Simons, de man die Sylvia Oosterbaan stalkte en bedreigde.

'Wat wil je doen?' vroeg Jacob.

'Hij woont op de begane grond toch?'

'Klopt.'

'Wacht hier maar even. Twee mannen die lopen te neuzen valt op. Een oude verdwaasde man zoals ik niet...' grijnsde hij en stak over naar het zijstraatje aan de zijkant van de woning. De achtertuin van nummer twee werd omheind door een niet al te hoge muur. Jacob zag zijn collega op zijn tenen staan en over de rand kijken. Hij haalde zijn schouders op. 'Hij vlucht zo over het muurtje, als we aan de voorkant aanbellen.'

Van Opperdoes gebaarde dat Jacob even moest blijven staan waar hij nu stond, om niet op te vallen. De oude rechercheur liep langs de voorzijde van de woning en keek voorzichtig door de ramen naar binnen. Hij zag niets en liep terug naar Jacob.

‘Wat denk je?’ vroeg Jacob. ‘Ukkie en Vincent zijn in de buurt, dat had ik gevraagd.’

Van Opperdoes maakte een gebaar. ‘Laat ze maar komen. Hij is onberekenbaar, en ik kan niet zien of hij thuis is of niet. En om nu één iemand te laten aanbellen, en de ander bij het muurtje te zetten... dat is ook niks.’

Jacob belde naar Vincent, die een paar minuten later met Ukkie kwam aanlopen via de Kraijenhoffstraat, uit het zicht van de woning van Simons. Zij gingen bij het muurtje staan, om zo Simons op te vangen, mocht hij via de achterkant wegvluchten.

Van Opperdoes en Jacob belden aan, maar er gebeurde niets. Van Opperdoes keek door het raam, terwijl Jacob nog een keer belde en een paar keer op de deur bonsde. Er was nog steeds niets te horen binnen. Na een paar minuten liepen de rechercheurs naar Ukkie en Vincent, die hun hoofd al schudden toen ze de rechercheurs zagen.

‘Helemaal niks.’

‘Hm...’ bromde Van Opperdoes. ‘Wacht maar even.’

Hij liep naar de Kraijenhoffstraat en belde aan bij het huis dat met de tuin aan de woning van Simons grensde.

Een vriendelijk ogende oudere dame deed open en Van Opperdoes groette haar met zijn meest innemende glimlach.

‘Dag mevrouw, mijn naam is Van Opperdoes. Ik ben van de recherche en ik vroeg me af of ik even in uw tuin zou mogen kijken.’

De vrouw fronste. ‘Zeker naar de overkant? Die rare man?’

Van Opperdoes trok zijn wenkbrauwen omhoog. ‘O? Is het een rare man?’

‘Ja, dat is het zeker. Een rare man. Een nare man volgens mij ook wel. Houd geen rekening met ons. In de zomer heeft hij altijd zijn deuren open en muziek aan. En hard. Doe er maar eens wat aan.’

‘Weet u wat? Bel mij gewoon als het weer gebeurt. Ik zorg er wel voor dat er tegen opgetreden wordt.'

De vrouw glimlachte dankbaar en deed de deur wijd open. 'Kom dan maar binnen ook.'

Van Opperdoes liep met haar de woning door naar de tuin. Hij kon zo door wat struiken via haar tuin in die van Martin Simons komen.

'Jacob?' riep hij over het muurtje.

'Ja?'

'Kom eens hier!'

Jacob keek over het muurtje en zag zijn collega staan. 'Hoe kom jij daar nou weer?'

'Kom er eens bij,' herhaalde Van Opperdoes.

Ukkie gaf Jacob een zetje en met een sprongetje belandde hij in de tuin van de vrouw. Samen liepen ze de tuin van Simons in, en kwamen zo bij zijn achterdeur. Van Opperdoes tikte tegen de keukendeur.

'Dat moet niet moeilijk zijn...'

'Wil je naar binnen?'

Van Opperdoes knikte. 'Ik wil zeker weten dat hij zich niet schuilhoudt. En ik wil binnen kijken.'

Jacob bukte en keek naar het slot. 'Het is altijd verwonderlijk dat criminelen nooit van hun collega's leren.' Hij pakte zijn portemonnee en haalde daar een bankpas uit, die hij tussen de keukendeur en de sponning stak. Even duwen, en de keukendeur klikte zachtjes open.

'Dit mag niet, hè, dat weet je toch?' vroeg Jacob aan Van Opperdoes.

'Ik weet het... en het maakt me niet uit.'

'Als ze ons pakken zijn we de lul.'

Van Opperdoes glimlachte. 'Weet je wat je dan moet doen?'

'Nou?'

'Zorgen dat je niet gepakt wordt. Regel nummer één bij illegale activiteiten...'

Van Opperdoes liep de woning in. Jacob volgde, toch iets op zijn hoede want je wist maar nooit of Martin Simons zich inderdaad schuil had gehouden tijdens het aanbellen.

'Zal ik eerst gaan?' fluisterde Jacob. 'Hij kan beter mij op m'n nek springen dan jou.'

Maar Van Opperdoes schudde zijn hoofd. Op een of andere manier voelde hij dat Simons niet in de woning was.

De woning was totaal anders dan die waar het slachtoffer gevonden was. Het was alsof ze een operatiekamer binnen kwamen, zo schoon en steriel was het. Op de vloer lag smetteloos strak zeil, en de bank en stoelen in de kamer leken met wiskundige precisie te zijn neergezet. Er was geen stofje of pluisje te vinden, en er slingerde niets rond.

'Het lijkt wel een toonzaal...' fluisterde Jacob. 'Die vent heeft een fobie.'

Van Opperdoes keek rond. 'Dit is veel erger dan een fobie, Jacob.'

Ze liepen door de woning en er was inderdaad geen spoor van Martin Simons te bekennen. Overal waar ze liepen was het even smetteloos en steriel. Toen ze de hele woning bekeken hadden, probeerde Van Opperdoes zijn gevoelens onder woorden te brengen. Ze schoten door zijn hoofd, maar hij kon er geen vat op krijgen. Wat deed dit met hem? Wat was de belangrijkste conclusie die hij in deze woning kon trekken?

Het duurde heel even, maar toen had hij het. De woning was volkomen emotieloos, en dat deed hem het ergste vrezen voor Martin Simons. De persoon die hier woonde, had geen gevoel.

Jacob zag het gezicht van zijn collega. 'Heb jij dat ook?'

'Wat?' vroeg Van Opperdoes.

'Ik krijg de kriebels hier. En ik weet niet waarom. Zullen we gaan?'

Van Opperdoes had nog wel even willen blijven, maar het

was inderdaad de hoogste tijd om weg te gaan. Voor hetzelfde geld kwam Martin Simons ineens thuis en dan hadden de rechercheurs een probleem. Het was beter om terug te komen als hij thuis was, om hem dan te vragen naar zijn relatie met Sylvia Oosterbaan, en indien nodig in te lichten over haar overlijden. Ze gingen terug naar de keuken om via de tuin de woning weer te verlaten, toen Van Opperdoes naast de keukendeur een haakje bevestigd zag, waar een sleutel aan hing.

'Sleutel van de achterdeur?' vroeg Jacob.

Van Opperdoes boog voorover om de sleutel beter te bekijken en schudde langzaam zijn hoofd. 'Nee, het is een Abussleutel. Die is van een hangslot.'

Hij keek de tuin in, waar een schuurtje stond. De deur was afgesloten met een dik hangslot dat aan grote metalen ogen bevestigd was. Van Opperdoes pakte de sleutel van het haakje en liep de tuin in. Voorzichtig maakte hij het grote slot open. De deur was veel steviger en zwaarder dan je van een schuurdeur zou verwachten. Van Opperdoes klopte op de wand naast de deur. Ook die klonk massief en stevig. Binnen was het aardedonker. Er zaten geen ramen in de schuur en op de tast zocht Van Opperdoes naar een schakelaar om het licht aan te doen. Zijn vingers gleden over de wand, die glad en koud aanvoelde. Plotseling voelde hij een schakelaar, die hij met enige tegenzin omzette.

Een felle lamp begon te branden, waardoor hij de eerste drie seconden even niets kon zien. Maar langzaam wenden zijn ogen aan het licht, en begon het interieur van de schuur zichtbaar te worden.

Er stond een bureau tegen de verre wand, alle muren waren wit... en overal hingen foto's van Sylvia Oosterbaan.

Het waren er tientallen, en door sommige foto's stond een groot rood kruis. Ook zag Van Opperdoes dat op andere foto's de felblauwe ogen van Sylvia waren uitgekrast.

Op het bureau stond een aantal mappen. Van Opperdoes liep ernaartoe.

'Mijn god...' klonk de stem van Jacob zachtjes achter hem.

'Zeg dat wel...'

Van Opperdoes pakte een van de mappen, waar nog meer foto's in stonden die overduidelijk stiekem van Sylvia genomen waren. Er waren ook foto's bij waarop ze thuis voor haar raam stond, kennelijk met een telelens genomen. Er waren data bij geschreven, de laatste foto was van een paar dagen geleden.

Van Opperdoes zette de map terug en wenkte Jacob.

'Kom, we moeten weg.'

Jacob pakte zijn telefoon en nam snel wat foto's van het interieur van de schuur, waarna hij ook naar buiten ging.

Van Opperdoes sloot de schuur weer af, en waakte ervoor dat het hangslot weer op precies dezelfde manier kwam te hangen. In de woning hing hij ook de sleutel weer precies op dezelfde plaats terug. Iemand die zo precies was, zou iedere verandering meteen opmerken.

Via de woning van de buurvrouw liepen de twee rechercheurs weer naar hun auto. Ze bedankten Ukkie en Vincent, waarna Jacob weer rustig terugreed naar het bureau.

Onderweg zei Van Opperdoes niets. Er maalde van alles door zijn hoofd en hij kon de beelden van de foto's in de schuur niet van zijn netvlies krijgen.

Jacob parkeerde bij bureau Raampoort en zette de auto uit. Ze bleven even stilzitten, en keken voor zich uit.

'Die man is levensgevaarlijk...' zei Jacob uiteindelijk.

'Ik weet het,' zei Van Opperdoes.

'En we kunnen niks met deze informatie. Officieel zijn wij daar natuurlijk nooit binnen geweest.'

'Ik weet het,' zei Van Opperdoes.

'Het lijkt me wel duidelijk dat hij een verdachte is. En een gevaarlijke ook, zoals ik al zei. En nu?' vroeg Jacob.

De oude rechercheur wreef met zijn vingers over zijn slapen. 'Tja... en nu...' Van Opperdoes wist het ook niet.

Bij bureau Raampoort ging de zware voordeur open en Jan Rozenbrand kwam naar buiten. Hij keek of hij veilig kon oversteken en rende toen naar de auto van de rechercheurs toe.

Jacob liet zijn raampje zakken.

'Hè hè... waarom komen jullie niet naar binnen? Blijven jullie hier gewoon zitten?'

'We waren nog iets aan het bespreken. Hoezo, wat is er dan?'

Rozenbrand haalde diep adem. 'Er is nog een lijk gevonden.'

Hoofdstuk 5

Van Opperdoes keek strak door de voorruit van de recherche-auto, terwijl Jacob naar de plek reed waar het lichaam was aangetroffen. Jan Rozenbrand had alleen gezegd dat er een lijk was gevonden, en de plek waar dat gebeurd was genoemd. Niets over wie het was, en wat de doodsoorzaak leek te zijn.

Van Opperdoes had er geen goed gevoel over. Als ze midden in een moordonderzoek zaten, en er werd weer een dode aangetroffen, had dat meestal met elkaar te maken, was zijn ervaring.

'Wie denk je dat het is?' vroeg Jacob.

Van Opperdoes keek hem aan. 'Dus jij denkt ook dat het met de moord op Sylvia Oosterbaan te maken heeft?'

'Tja...'

'En waarom denk je dat?'

'Een gevoel. Een bijna onheilspellend gevoel.'

Van Opperdoes keek weer voor zich uit. 'Dat heb ik nou ook. Dit kan wel eens heel anders lopen dan we dachten.'

De twee rechercheurs zeiden verder niks, totdat Jacob de Piet Heintunnel uit reed.

'Hoe komen we daar...?' mompelde hij. Links lag een uitgestrekt terrein met veel groen en twee grote ronde torens erop.

'Achter dat studententankstation loopt een weg,' wist Van Opperdoes.

'Is er iets wat jij niet kent in Amsterdam?'

'Weinig,' antwoordde Van Opperdoes en Jacob wist dat het niet overdreven was. Zijn collega had een fabelachtige kennis van de stad.

Jacob sloeg linksaf en reed een smalle weg in. Na een paar honderd meter hadden ze het gevoel dat ze in een andere wereld waren. De enorme torens en de paar verhogingen in het terrein maakten dat het geluid van de IJburglaan was weggestorven, waardoor ze in een doodstille en verlaten omgeving reden. Er lagen wel een paar wegen, en een bord maakte duidelijk dat er binnenkort prachtige en betaalbare woningen zouden komen, maar nu was er helemaal niets, behalve een zandvlakte en wat groene stukken waar gras en wat planten groeiden.

Aan de zijkant van een van de wegen zagen ze een politieauto naast een andere, stilstaande auto die half op straat, half in het zand stond. Twee agenten stonden tegen de auto geleund, en veerden op toen zij de rechercheurs zagen naderen. In de verre omgeving was verder niets of niemand te zien. Jacob vroeg zich verwonderd af hoe het mogelijk was om zo'n groot, stil stuk land te vinden binnen de ringweg van Amsterdam. Hij parkeerde de auto en ze stapten uit.

Een van de twee agenten, een vrouw met lange, vrolijk dansende krullen, kwam hen tegemoet lopen en stak haar hand uit.

'Patricia, hallo. Jullie zijn er snel, dat is fijn.'

'We proberen altijd zo snel mogelijk te komen. Wat heb je voor ons?'

Patricia wees naar de auto die achter de politieauto stond. 'Wij rijden hier vaak een rondje. Het is zo stil hier... dat trekt niet altijd de beste types aan. Dus nu deden we dat ook, en toen zagen we deze auto staan. Er zit een man in, achter het stuur. Hij heeft een pistool in zijn hand...'

'En een schotwond in zijn hoofd...' maakte Van Opperdoes de zin af.

'Ja, klopt.'

Van Opperdoes knikte. Het was niet alleen een plek voor vage of criminele types. Iemand die een einde aan zijn leven wilde maken had daar op deze plek alle rust voor.

‘Laten we maar eens kijken.’ Hij liep in de richting van de wagen met het lichaam erin, Jacob volgde hem. De deur aan de bestuurderszijde stond open en een jonge man hing voorovergebogen op de stoel, zijn slappe veiligheidsgordel hield hem op zijn plaats. Op zijn gezicht zat een klein straaltje bloed, ter hoogte van zijn linkerslaap. Zijn linkerarm hing langs zijn lichaam, zijn rechterhand lag op zijn benen. Op de vloer van de auto was nog net een pistool te zien.

Van Opperdoes bukte zich en probeerde het gezicht van de dode man te zien.

‘Zie je wie het is?’ vroeg Jacob.

Van Opperdoes schudde zijn hoofd. ‘Ik zie niet wie het wel is, maar ik zie wel wie het niet is.’

‘En?’

‘Het is in ieder geval niet onze stalker.’

‘En Dennis Koster? Die zijn we ook kwijt?’

Van Opperdoes boog nog eens voorover en probeerde het gezicht goed te zien. Hij wilde het lichaam niet aanraken voordat de schouwarts en de technische recherche er waren.

‘Ik durf het niet te zeggen. Jammer dat we geen goede foto van hem hebben. Die op zijn ov-kaart was zo slecht... ik zou niet voor honderd procent durven zeggen of hij dit is... of niet. We moeten afwachten, voor hetzelfde geld is het iemand die niets met de Lauriergracht te maken heeft. Misschien is het gewoon een of andere trieste ziel die geen uitweg meer zag en er hier een eind aan heeft gemaakt.’

Hij draaide zich om naar Patricia. ‘Heb je nagekeken van wie deze auto is? Is er een tenaamstelling?’

Ze schudde haar hoofd. ‘Geen naam. Het is een leaseauto en het leasebedrijf is in het weekend niet open. Ze kunnen misschien wel iemand laten komen, maar we dachten... straks komt er een onderzoek en misschien heeft hij wel gewoon een rijbewijs bij zich.’

Van Opperdoes glimlachte. 'Heel slim bedacht. Dat zal vast sneller gaan, en dat andere – iemand van het leasebedrijf bellen – kan inderdaad straks ook nog.'

Patricia kwam dichterbij. 'We hebben via de meldkamer de schouwarts maar vast gebeld. Het was wel duidelijk dat dit geen natuurlijke dood is.'

Van Opperdoes knikte dankbaar. 'Kijk, dat is prettig, dat er meegedacht wordt. Dat scheelt weer tijd.'

En daar kreeg hij gelijk in, want aan het begin van de weg draaide het kleine Volkswagentje van de GGD al hun richting op, met een kleine stofwolk in zijn kielzog. Van Opperdoes bromde goedkeurend; dat was inderdaad snel.

Cathelijne stapte uit en keek verbaasd. 'Alweer, Peter?'

Van Opperdoes haalde zijn schouders op. 'Je hebt van die dagen.'

'En wat hebben we nu dan?'

'Kom maar kijken. Een dode man, en een pistool.'

Het viel Van Opperdoes op hoe de recherche en de schouwarts dezelfde uitdrukkingen gebruikten. Het zal voor een buitenstaander vast vreemd overkomen, hoe wij erover praten, dacht hij. Toch was het niet vreemd. Een rechercheur en een schouwarts gingen heel anders met de dood om dan andere mensen.

Als rechercheur leerde je al snel dat je je emoties moest uitschakelen als je bij je eerste lijk kwam. Je had al je zintuigen hard nodig om dingen te zien die voor het recherchewerk van belang waren. Als je blik vertroebeld zou worden door emoties, kon je je werk niet goed doen.

Toch weigerde Van Opperdoes om het lichaam slechts als een object te zien, iets waar je mee moest werken. Het bleven voor hem mensen die geleefd hadden, die hun sporen hadden achtergelaten op de wereld, en die iets hadden betekend voor anderen, familie, vrienden, collega's.

Cathelijne trok haar handschoenen aan en onderzocht de man achter het stuur. Ze duwde hem voorzichtig weer terug tegen de rugleuning van de stoel. De man had zijn ogen dicht. Behalve het kleine gaatje in zijn linkerslaap, zag Cathelijne ook de uitschotopening aan de rechterzijde van zijn hoofd. Ze onderzocht de rest van het lichaam, maar kon geen bijzonderheden vinden.

'De kogel is er recht doorheen gegaan. Ik zie wat kruitsporen op de linkerkant van zijn hoofd, wat wil zeggen dat het wapen dicht tegen of op de huid heeft gestaan. Tja... verder is het een beetje aan de technische recherche. Voor zover ik het kan zien, is de doodsoorzaak vrij simpel: een schot door het hoofd, met massief hersentrauma tot gevolg. De sporen wijzen op de mogelijkheid dat hij het schot zelf gelost heeft. Ik stel voor dat jullie technische recherche eerst onderzoek doet, voordat ik verder ga en sporen wegmaak. Ik overleg zo wel even met ze hoe we verder gaan.'

Van Opperdoes knikte.

'Hebben jullie al enig idee wie het is?' wilde Cathelijne weten.

'Nog niet.'

Cathelijne voelde aan het jasje van de dode man. 'Volgens mij heb ik hier iets. Wil je het vast zien?'

'Graag. Dat scheelt misschien een hoop gedoe.'

Cathelijne haalde een portemonnee uit de binnenzak van het jasje. Jacob had zijn handschoenen aangetrokken en opende de portemonnee voorzichtig. Meteen werd, achter een doorzichtig plastic, een rijbewijs zichtbaar. Jacob slikte.

'Wat is er?' vroeg Van Opperdoes.

Jacob hield het rijbewijs omhoog. 'Het is Dennis Koster. Van de Lauriergracht...'

Van Opperdoes fronste. Wat hij al vermoedde, was dus toch uitgekomen. Twee doden vlak achter elkaar... die hadden meestal een connectie.

Van Opperdoes liep rond in de buurt van de auto waar de dode man in zat. Hij probeerde de sfeer te begrijpen. Waarom stond die man hier? Omdat dit de meest afgelegen plek was in de buurt van het centrum? Het zou best kunnen. Hij zou geen andere plek weten waar misschien urenlang niemand zou komen. Iemand die zelfmoord wilde plegen deed dat doorgaans in afzondering.

'En?' vroeg Jacob.

De oude rechercheur keek om zich heen. 'Het zou wel passen, nietwaar? Dennis Koster vermoordt Sylvia Oosterbaan... kan daar niet mee leven, en pleegt zelfmoord.'

Jacob keek naar het lichaam. 'Als het inderdaad zelfmoord is.'

'Volgens Cathelijne wijst alles erop. We moeten daar wel zekerheid over hebben, en de enige die er iets over zou kunnen zeggen...' Van Opperdoes gebaarde naar de auto.

'En mocht het geen zelfmoord zijn, dan heb ik nog twee theorieën.'

'Vertel,' nodigde de oude rechercheur hem uit.

'Eén: Dennis Koster komt thuis, vindt zijn vriendin dood op de grond, kan daar niet mee leven en pleegt zelfmoord.'

Van Opperdoes dacht daar even over na. 'Zou kunnen. Beetje onlogisch dat hij niet meteen de politie belt. Maar je weet nooit hoe mensen reageren in extreme omstandigheden. En de tweede?'

'Martin Simons heeft zowel Dennis hier, als Sylvia op de Lauriergracht vermoord. Niet alleen zijn ex-vriendin, door wie hij geobsedeerd was, maar ook meteen de man met wie zij een verhouding had.'

Van Opperdoes keek zijn collega aan. Het was inderdaad een heel plausibel scenario.

Hugo Pastoor en Ton van Maan waren vanaf de Lauriergracht naar het Zeeburgereiland gekomen. Het grootste deel van het werk op de Lauriergracht was klaar, en wat er nog restte konden ze overlaten aan de tweede ploeg die ze hadden opgeroepen.

Cathelijne stond met Hugo en Ton te praten, om tot een goed plan van aanpak te komen. Er waren op deze PD tegenstrijdige belangen. Cathelijne wilde het lichaam verder onderzoeken, maar Hugo en Ton wilden het zo onaangetast mogelijk laten in verband met het sporenonderzoek. Toch was Cathelijnes onderzoek op dit moment het belangrijkst.

Hugo kwam naar Van Opperdoes toe. 'Wij halen hem eruit. Op zo'n manier dat we de sporen intact laten, en dan kan zij het onderzoek doen. Mee eens?'

'Ik ga me daar niet in mengen. Dat is jullie expertise. Ik wil alleen dat de resultaten zo betrouwbaar mogelijk blijven,' antwoordde Van Opperdoes.

Hugo bromde. 'Altijd,' en hij gebaarde naar Ton dat ze aan de slag konden. Uit de grote witte bus haalde Ton een tent en hun witte pakken. Er hoefde niet veel afgezet te worden in deze desolate vlakte, en er waren ook nog steeds geen mensen die stonden te kijken, zoals op de Lauriergracht.

Van Opperdoes wenkte Patricia. 'Jullie hebben niemand gezien, ook niet toen je aan kwam rijden?'

Ze schudde haar hoofd.

'Sporen gezien, op de weg? Bandensporen, wat dan ook?'

Ze keek naar het asfalt. 'Nee. Nou hebben we daar ook niet echt op gelet, want we reden hier gewoon, totdat we de auto zagen. Naar sporen keken we eigenlijk pas toen we het lichaam zagen, maar eerlijk gezegd gingen we van zelfmoord uit, niet van de mogelijkheid dat er ook iemand anders bij betrokken kon zijn. Is het moord dan?'

'Nee, nee...' haastte Van Opperdoes zich te zeggen. 'Maar we moeten nu eenmaal met alles rekening houden. Dus ook...'

'Wij lopen de weg wel af, en kijken of we nog iets kunnen vinden,' stelde ze voor.

‘Heel goed,’ zei Van Opperdoes dankbaar.

Hugo en Ton hadden inmiddels een plastic zeil neergelegd en het tentje eroverheen geplaatst. Het zag er niet naar uit dat het ging regenen, maar het werkte nu eenmaal prettiger onder de tent. Er waaide dan ook geen stof en zand naar binnen.

Ton pakte de handen van het slachtoffer en trok er papieren zakjes overheen, zodat daar geen sporen verloren zouden gaan. Voorzichtig tilden ze het lichaam op het zeil.

Cathelijne deed een snel onderzoek op de rest van het lichaam. ‘Geen verdere verwondingen, geen bijzonderheden. Maar...’

Ze fronste even en voelde met haar hand op de blote buik van het slachtoffer. Ze tilde een arm op en voelde hoever de lijkstijfheid van het lichaam inmiddels gevorderd was.

Ton ontdeed de linkerhand van het slachtoffer van het papieren zakje, en veegde met watjes en wat vloeistof over de binnen- en buitenzijde van de handen en polsen. Met de watjes liep hij naar de bus.

‘Wat is er?’ vroeg Van Opperdoes, die de frons van Cathelijne had opgemerkt.

‘Hij hoort toch bij de Lauriergracht? Die dode mevrouw is toch in zijn appartement gevonden?’

‘Jazeker.’

‘Hm...’ zei ze peinzend.

‘Nou...?’ vroeg Van Opperdoes nieuwsgierig.

‘Hij kan de moord op de Lauriegracht nooit gepleegd hebben. Als mijn bevindingen kloppen – qua lichaamstemperatuur en lijkstijfheid – dan was deze man eerder dood dan de vrouw in die woning.’

Hoofdstuk 6

Van Opperdoes leunde tegen de rechercheauto. Het lichaam van Dennis Koster werd door de twee technisch rechercheurs onderzocht, en hij kon niet veel meer doen dan domweg afwachten of er nog iets nieuws opdook.

Het belangrijkste had Cathelijne inmiddels al geconstateerd. Dennis had de moord op zijn vriendin Sylvia nooit kunnen plegen, want toen zij gewurgd werd, was hij al dood.

'Dus toch Martin Simons, die Sylvia vermoord heeft,' klonk het naast hem.

Hij keek op en zag Jacob naast zich staan.

'Stond je daar al lang?'

Jacob glimlachte. 'Al even, maar je was zo diep in gedachten.'

'En jij wist precies wat ik dacht?'

'Ik ken je inmiddels al een beetje.'

Van Opperdoes glimlachte. 'Ik ben een open boek voor je. Maar het is inderdaad vreemd. Waarom zou Dennis hier zelfmoord plegen... en waarom zou Martin vlak daarna Sylvia dan vermoorden? Ik weiger te geloven dat het toeval is, die twee doden vlak na elkaar.'

'Tenzij Dennis geen zelfmoord gepleegd heeft.'

Van Opperdoes knikte langzaam. 'Ja... inderdaad. Daar zat ik dus ook aan te denken. Het zou veel logischer zijn als Martin Simons eerst Dennis hier vermoord heeft en vervolgens in een vlaag van woede is doorgegaan naar de Lauriergracht. Misschien wel om aan Sylvia te vertellen dat ze Dennis nooit meer zou krijgen...'

'En dan ziet hij haar in de woning van Dennis... krijgt een

rood waas voor zijn ogen en wurgt haar.'

Jacob keek naar het gezicht van zijn collega. 'Dat klinkt inderdaad heel logisch en verklaarbaar, maar ik zie dat je twijfelt.'

Van Opperdoes maakte met zijn armen een breed gebaar naar de omgeving. Nog steeds was er, buiten de politie, niemand te zien op het Zeeburgereiland.

'Maar waarom dan hier? Wat doet Dennis Koster hier? Ook al wilde hij zelfmoord plegen? En als hij hier inderdaad vermoord is, dan moet hij zelf naar deze plek toe gekomen zijn. Had hij soms een afspraak met de moordenaar?'

'Goeie vragen,' antwoordde Jacob. 'Ik weet het ook niet.'

Van Opperdoes rechtte zijn rug. 'Dit is niet zo'n simpele zaak als het leek, Jacob...'

Hij liep naar de tent waar Hugo en Ton bezig waren.

'Ton, heb je even?'

Ton kwam de tent uit. 'Wat is er?'

'Het zou kunnen dat het niet om zelfmoord gaat. Kan je daar extra op letten?'

Ton van Maan keek Van Opperdoes bestraffend aan. Hij haalde het kapje voor zijn mond weg, alsof hij zijn woorden kracht bij wilde zetten.

'Wij gaan nooit uit van iets. Wij gaan altijd uit van alles. Moord, zelfmoord, ongeluk.... het maakt ons niet uit. Wij doen onderzoek en verzamelen de sporen. Die leggen wij vast en die rapportage leveren we aan jou. Aan de hand van de sporen mag jij dan vervolgens gaan rechercheren.... en dan trekt uiteindelijk de rechter de conclusie. Niet wij, niet jij, maar de rechter. Wij gaan niet uit van een of ander scenario.'

'Heel goed, Ton. Het spijt me als ik je beledigd heb.'

'Nee, hoor. Heb je niet. Maar dan weet je het weer even...' Hij deed zijn mondkapje weer voor en liep terug de tent in. 'En als we wat hebben, hoor je het meteen!' riep hij nog.

Jacob moest lachen. 'Zo... dan weet je het weer even.'

‘Ik wist het ook wel... Hugo en Ton zijn prima rechercheurs. Maar op deze manier hoor ik het allemaal net wat eerder van ze. Want ze willen nu natuurlijk laten zien hoe objectief ze zijn.’ Glimlachend liep hij weer naar de rechercheauto.

Jacob volgde hem. ‘Sluwe oude vos ben je ook...’

Van Opperdoes wees naar het tankstation. ‘De weg hiernaartoe loopt daar vlak langs. Zullen we eens gaan kijken of ze iets gezien hebben... of dat er camerabeelden zijn?’

‘Kunnen we doen, maar aan de andere kant, in de buurt van de Schellingwouderbrug is ook een ingang naar dit gebied.’

Van Opperdoes bromde. ‘Vijftig procent kans. Ik doe het ervoor.’

Het tankstation Kriterion werd helemaal door studenten gerund. De naam stond in grote letters op het station. Van Opperdoes keek er goedkeurend naar. ‘Kriterion... die organisatie stamt nog uit de Tweede Wereldoorlog. Was het studentenverzet... Hebben ook bioscoop Kriterion opgezet, en nog wat dingen volgens mij.’

‘Dat is wel een mooie historie. En ook mooi dat het nog bestaat, zeventig jaar later.’

‘Studenten zijn belangrijk in de maatschappij, Jacob. De toekomst van ons land.’

Jacob kon daar niets tegen inbrengen. Van Opperdoes bekeek, terwijl ze aan kwamen lopen, het station aan alle kanten. Hij leek tevreden en liep door naar de ingang, waar de deuren automatisch opengingen. Het was stil binnen, er stond maar één iemand af te rekenen. Van Opperdoes en Jacob wachtten rustig tot de klant weg was, waarna de oude rechercheur zijn legitimatiebewijs tevoorschijn haalde.

‘Wij zijn van de recherche en willen graag iets vragen.’

Achter de kassa zat een vriendelijk ogende jonge student, die duidelijk meteen geïnteresseerd was. Fijn, even wat afwisseling, zag je hem denken toen hij overeind schoot uit zijn stoel.

'Wilt u even binnenkomen?' Hij opende de deur tot de beveiligde ruimte en stak zijn hand uit. 'Ik ben David, wat kan ik voor u doen?'

Een keurige jongen, vond Van Opperdoes. 'Wij zijn met een onderzoek bezig, hier verderop op het eiland.'

'Wat is daar aan de hand?'

'Daar is een auto aangetroffen, met iemand erin. Een man, die helaas overleden is.'

David kneep even zijn ogen samen. 'Dat is niet fijn. Is hij... is hij vermoord?'

Jacob schudde zijn hoofd. 'We zijn druk bezig met een onderzoek. We kunnen er nog niets over zeggen.'

'Maar wat komt u hier doen dan?' David glimlachte zenuwachtig. 'U denkt toch niet dat ik daar iets mee te maken heb?'

'Nee, natuurlijk niet,' haastte Van Opperdoes zich te zeggen. 'Maar je kan ons misschien wel helpen met het onderzoek. Ik zag dat er buiten een aantal camera's hangen.'

De student wees op een kamer achter zich. Hij opende de deur en Van Opperdoes zag een beeldscherm, met daarop onderverdeeld een aantal vensters. Ieder venster gaf het beeld weer van een andere camera. Van Opperdoes wees naar een van de beelden.

'Deze neemt ook de weg op die hierlangs loopt. Heb je een goed zicht op de auto's die er rijden?'

De student haalde zijn schouders op. 'Je ziet het wel, maar het is nog best ver weg. Ik denk dat je wel de auto's ziet die langsrijden... maar als u bedoelt of je ook een kenteken kan lezen? Of de auto herkennen...? In het donker? Nee, dat denk ik niet. Ik weet eigenlijk wel zeker van niet. Maar als je een bepaald soort auto zoekt, dan zou je hem misschien wel kunnen herkennen.'

'Kunnen wij de beelden van vandaag krijgen? Zeg maar, van de laatste 24 uur?'

'Dat denk ik wel,' antwoordde de student. 'Al zou ik niet precies weten hoe dat moet.'

Jacob pakte zijn telefoon. 'Daar hebben wij wel iemand voor, die kan je daarbij helpen. Ik laat hem contact met jou opnemen, is dat goed?'

'En mag ik dat zomaar afgeven?' De student grijnsde. 'Ik studeer rechten, namelijk.'

Van Opperdoes glimlachte geamuseerd. 'Vertel jij het dan maar aan mij. Mag jij dat zomaar?'

'Volgens mij niet. Ik denk dat u een machtiging nodig heeft van de officier van justitie.'

Van Opperdoes keek Jacob aan. 'Geef die jongen meteen even een sollicitatieformulier.' Hij klopte de student bemoedigend op de schouder. 'Prima geantwoord. Wij laten iemand bij jou langskomen, en we zorgen dat hij de machtiging van de officier bij zich heeft. Is dat goed?'

De student knikte. 'Van mij had u ze wel mogen hebben, hoor. Maar ik werk hier niet alleen. Er zijn mensen die willen weten wat hier allemaal gebeurt. Dus, vandaar...'

Van Opperdoes schudde hem de hand. 'Komt in orde. Als jij maar zorgt dat die beelden goed bewaard blijven, totdat wij ze uit het systeem kunnen halen.'

De twee rechercheurs liepen terug naar de plaats delict, waar Hugo hen al opwachtte.

'Waar waren jullie nou?'

'Even naar het tankstation. Hoezo?'

Hugo keek langs hen heen naar het station. 'Ah, voor de beelden zeker?'

'Klopt. We laten IJsselstein ze wel ophalen. Misschien zien we iets. Ik kan nog niet verklaren waarom het slachtoffer hier was. Of nou ja, ik kan het wel verklaren, misschien zocht hij gewoon een stille en afgelegen plek om zelfmoord te kunnen plegen. Maar dan nog... misschien kunnen wij hem aan zien komen rijden. En wellicht kunnen we zien of er iemand bij hem was, of dat iemand hem volgde. Beter mee verlegen, dan om verlegen, zeggen ze dan toch?'

'Zit wat in...' beaamde Hugo.

Hij zweeg even en keek Van Opperdoes met een ietwat mysterieuze blik aan.

'Hugo...' begon Van Opperdoes. 'Er is vast iets dat je ons wilt vertellen.'

'Nou... nu je er zo naar vraagt... ik heb misschien wel iets.'

Hij voerde de spanning verder op door verder te zwijgen.

'O, kom op Hugo. Vertel het gewoon!' zei Jacob, die wilde weten wat de technisch rechercheur gevonden had.

Hugo keek Jacob aan en schudde zijn hoofd voor hij weer naar Van Opperdoes keek.

'De jeugd van tegenwoordig is zo gehaast...'

Van Opperdoes glimlachte. 'Ik ben inmiddels ook wel benieuwd.'

Hugo zuchtte. 'Ik zal het jullie zo duidelijk mogelijk uitleggen. Als iemand een pistool afschiet, vindt er een ontploffing in het pistool plaats. De kogel wordt door de ontploffing uit het pistool geschoten en raakt het slachtoffer. Door de ontploffing vliegt niet alleen de kogel eruit, maar vliegen er ook kruitdeeltjes van die ontploffing naar buiten. Die komen niet zo ver...'

'Dat weten we,' probeerde Jacob het gesprek te versnellen.

Hugo stak zijn hand op. 'Rustig aan, ik wil dat jullie het goed begrijpen. Zoals ik al zei... er vliegen kruitdeeltjes rond, die meestal op de hand en pols terechtkomen van degene die het wapen afvuurt. Hij is het dichtst bij het pistool. Als de loop van het pistool iemand anders raakt, op het lichaam of op het hoofd, dan komen daar ook kruitsporen op. Dat is logisch, nietwaar?'

Zowel Van Opperdoes als Jacob knikte braaf.

'In dit geval zitten er kruitdeeltjes op de slaap van het slachtoffer, rond de schotverwonding. En we hebben ook kruitsporen aangetroffen op de hand van het slachtoffer...'

'Aha...' onderbrak Jacob hem. 'Dus heeft hij het wapen afgevuurd.'

Hugo glimlachte. 'Dat zou je in eerste instantie denken.'

Jacob boog zich iets voorover. 'Maar dat is niet zo?'

'Ik heb zijn linkerhand zorgvuldig onderzocht. Als het slachtoffer zichzelf zou hebben neergeschoten, en dus het wapen in zijn linkerhand had... waar zou je dan kruitsporen aantreffen?'

Van Opperdoes en Jacob stelden zich een hand voor die een pistool vasthield.

'De bovenzijde van de hand, aan de duimzijde, en op de pols, zou natuurlijk het meest logisch zijn,' antwoordde Van Opperdoes.

'Niet binnen in de hand, toch? Niet op de handpalm?' vroeg Hugo.

'Nee, want met zijn handpalm heeft hij het wapen vast. Die palm zit om de handgreep van het wapen, en daar kan dus niets op komen, zou ik denken.'

Hugo deed een stapje achteruit en spreidde zijn handen. 'Dat dacht ik dus ook. Maar juist daar, op de handpalm van de linkerhand vind ik kruitsporen... En hoe komen die daar?'

Jacob dacht na. Plotseling stak Hugo met grote snelheid zijn vuist in de richting van het gezicht van Jacob. Ter verdediging stak Jacob zijn hand op, om de vuist af te weren. Hugo wees naar de geopende hand van Jacob.

'Zie je wat je doet...? Voor hetzelfde geld had ik een pistool in mijn handen gehad, dat ik op je gezicht richtte. Je weerde af. Als ik een pistool in mijn handen had gehad en jij wilde afweren met je geopende hand, waar komen dan de kruitsporen terecht als ik zou schieten?'

Hugo wees op de binnenkant van de geopende hand van Jacob.

'Mijn theorie, rechercheurs, is dat het slachtoffer in de auto zat, iemand een wapen op hem richtte, en hij probeerde af te weren. De dader schoot van dichtbij, het slachtoffer kreeg een kogel in zijn hoofd en kruitresten op zijn hand en slaap. Daarna heeft de dader het wapen in de hand van het slachtoffer gelegd.'

Van Opperdoes keek Jacob aan. Dennis Koster was dus inderdaad vermoord.

Hoofdstuk 7

Peter van Opperdoes bleef staan en veegde met zijn hand over zijn voorhoofd. Hugo liep terug naar de plek waar ze het lichaam van Dennis Koster onderzochten. Het begon inmiddels donker te worden en de lampen die de technische recherche had opgesteld, schenen een waaier van licht over het donkere Zeeburgereiland.

'Nou, daar kunnen we wat mee...' zei Jacob.

'Zeg dat wel. Hij is dus vermoord, daar ga ik van uit. De theorie van Hugo past perfect in het plaatje, en de sporen liegen natuurlijk niet.'

Jacob keek hem licht spottend aan. 'Ja, nu alleen nog erachter zien te komen wie en waarom... en dan zijn we er. Onze stalker Martin Simons, omdat hij jaloers was, en omdat hij zijn ex-vriendin aan niemand anders gunde?'

'Dat zou voor de hand liggen,' beaamde Van Opperdoes. 'Maar waarom zou hij hem hier op deze plek vermoorden? Waarom niet in zijn eigen huis, desnoods tegelijk met Sylvia?'

Daar wist Jacob het antwoord ook niet op. Hij dacht even na. 'Misschien was het een opwelling.'

Van Opperdoes twijfelde. 'Als ik denk aan die schuur, zoals al die foto's daar hingen. En die onvoorstelbaar schone en georganiseerde woning. Alles gestructureerd. Nee, ik geloof niet dat Martin Simons uit een opwelling handelde. Aan de andere kant, je weet maar nooit.'

'Nooit iets uitsluiten, dat zeg jij toch altijd?'

Van Opperdoes liep in de richting van de tent, waar Hugo binnen aan het werk was.

'Inderdaad. Nooit iets uitsluiten, maar ook nooit iets aannemen. Wel overal rekening mee houden. Dus Martin Simons is gevaarlijk, dat kunnen we wel stellen. Voorlopig hebben we bovendien geen andere verdachten. Laten we eerst maar eens iets anders gaan doen.'

'Bij Hugo?'

'Bij Dennis Koster. Ken je je slachtoffer, dan ken je je dader.'

Jacob glimlachte. 'Een Opperdoesiaanse wijsheid.'

'Precies.'

Van Opperdoes tikte tegen de tent aan.

'Ja?' klonk het van binnenuit.

'Kunnen we binnenkomen?' vroeg Van Opperdoes terwijl hij naar binnen keek.

Hugo wenkte. Ze hadden het lichaam van Dennis Koster uitgekleed en zijn kleding met inhoud apart gelegd.

'Ben je daar al klaar mee?'

Hugo knikte. 'Ga je gang.'

Van Opperdoes en Jacob bekeken de inhoud van de zakken van de kleding. De portemonnee, die Cathelijne al gevonden had, lag geopend op een tafeltje met wit plastic zeil. De inhoud was uitgestald. Van Opperdoes bukte zich en keek er naar.

'Kijk, Jacob...' zei hij zacht en wees op een pasje dat op de tafel lag.

Het was een legitimatiebewijs, waaruit bleek dat Dennis bij het Ministerie van Justitie had gewerkt, bij de dienst Gevangeniswezen.

'Hij was bewaarder in de gevangenis.'

Jacob keek zijn collega aan. 'Dat verklaart in ieder geval waarom hij geen antecedenten had. Een keurig nette jongen dus.'

Van Opperdoes pakte het pasje op en bekeek het nauwkeurig, waarna hij het weer langzaam teruglegde. Hij zuchtte even, en bekeek toen de andere spullen die er lagen. Wat papiertjes en bonnetjes, een telefoon, en een bosje sleutels met daaraan onder andere een autosleutel, en een paar gewone sleutels.

'Die telefoon moet zo snel mogelijk naar IJsselstein. Misschien heeft Dennis vanochtend of gisteravond een afspraak gemaakt om hier te komen. Hugo?'

'Ja?'

'Heb je die autosleutels in zijn kleding gevonden?'

Hugo schudde zijn hoofd. 'Nee, die zaten in het contactslot. Ik heb ze eruitgehaald om te onderzoeken, en daar neergelegd.'

Van Opperdoes bromde tevreden. Dat was dan in ieder geval duidelijk. Na een laatste blik op alle spullen en het lichaam van Dennis Koster, draaide hij zich om en verliet met een korte groet de tent.

'Hoe zit het met de familie?' vroeg Van Opperdoes, en gooide zijn jasje over de stoel in de recherchekamer.

'Familie van wie?'

'Van allebei de slachtoffers. Sylvia Oosterbaan heeft geen familie in Amsterdam, alleen in Gelderland. Zijn er al collega's langs geweest om de familie op de hoogte te brengen van haar overlijden? En Dennis Koster? Heeft die familie? Die moeten we natuurlijk ook inlichten.'

Jacob zette zich achter zijn computer en logde in. Met een paar klikken had hij de aanpassingen gevonden in de zaak op de Lauriergracht. Snel las hij de laatste berichten.

'De familie van Sylvia is ingelicht. Geen bijzonderheden. Niemand van de familie is de laatste weken in Amsterdam geweest.'

Van Opperdoes knikte. 'Ik had ook niet verwacht dat we in die hoek zouden moeten zoeken, eerlijk gezegd. En Dennis Koster?'

Jacob klikte naar de pagina waar hij het bevolkingsregister kon raadplegen. 'Hij heeft een moeder in Oud-West, en een broer in het buitenland. Vader is drie jaar geleden overleden.'

'Dan moeten we langs die moeder.'

'Van Opperdoes!' riep IJsselstein vanaf de gang.

'Kom maar binnen.'

IJsselstein kwam de recherchekamer in. 'Twee lijken inmiddels?'

'We wilden je niet voor niks laten komen...' zei Jacob glimlachend.

IJsselstein keek naar Van Opperdoes en wees naar Jacob. 'Is hij de grappigste van jullie twee?'

'Heb je nieuws voor ons?'

'Jullie waren op zoek naar twee mannen, had je gezegd. Die ene is inmiddels dood, denk ik?'

Van Opperdoes knikte. 'Dennis Koster. Lag doodgeschoten op het Zeeburgereiland.'

'En de tweede is Martin Simons. Naar mannetje is dat.'

'Weet je al wat van hem dan?' vroeg Jacob nieuwsgierig.

'Ik kan hem niet achterhalen via het telefoonnummer dat in ons politiesysteem staat. Maar dat zegt ook niks. Dat soort gasten wisselt net zo snel van telefoonnummer als van onderbroek. En hij is maanden geleden gearresteerd geweest. Met dat nummer kan ik dus niet veel.'

Van Opperdoes peinsde. 'Hij is dan wel lang geleden opgepakt, maar hij bleef Sylvia Oosterbaan stalken en bedreigen. Ongetwijfeld ook telefonisch. Als je het eens via haar telefoonnummer probeert? Kijken wie haar regelmatig belde?'

Jacob schudde zijn hoofd. Van Opperdoes keek hem aan. 'Wat is er?'

Jacob leunde voorover. 'Martin Simons is een verdachte van twee moorden. Zo mogen we hem toch wel betitelen? En hij is niet dom. Het is misschien wel een hufter, maar geen domme hufter. Als hij die moorden gepleegd heeft, is die telefoon weggooien het allereerste wat hij gedaan zal hebben.'

IJsselstein trok zijn wenkbrauwen omhoog. 'Als ik een dubbeltje had gekregen voor iedere verdachte die zijn telefoon bij zich hield, had ik nu een croissantje kunnen kopen.'

Van Opperdoes glimlachte. 'Dat zijn niet veel verdachten. Tien of zo?'

IJsselstein stak zijn vinger omhoog. 'Waar ik maar mee zeggen wil: het komt voor. En je moet nooit iets laten lopen omdat je denkt: ach, dat gebeurt toch niet.'

'Dat ben ik met je eens, voor de verandering. Ga jij daar achteraan?'

'Dus...' vatte IJsselstein samen, 'zoeken we Martin Simons. Daar ga ik achteraan. En dan belde Hugo Pastoor me nog over iets...'

'Ons tweede slachtoffer, Dennis, had een mobiele telefoon bij zich, en hij is gevonden op een afgelegen terrein. Misschien heeft hij telefonisch een afspraak gemaakt met de moordenaar.'

IJsselstein fronste. 'Ik dacht dat dat zelfmoord was?'

Jacob schudde ernstig zijn hoofd. 'Nee. Hij is gezelfmoord.'

IJsselstein moest glimlachen. 'Die moet ik onthouden... Ik ga erachteraan en hou jullie op de hoogte. Heeft Hugo die telefoon nog? Dan ga ik hem ophalen.'

'Die ligt nog daar. Bel hem voor de zekerheid even, voordat ze daar weg zijn.'

'Doe ik.' IJsselstein verliet de kamer.

'O, en IJsselstein?'

Een diepe zucht klonk en IJsselsteins hoofd verscheen om de hoek van de deuropening.

'Ja?'

'Loop even langs het tankstation. Ze hebben daar camerabeelden waar iets op staat. Misschien ook niet, maar het moet wel even bekeken worden.'

Ijsselstein rolde met zijn ogen. 'Doe ik ook wel even.'

Hij verdween en Van Opperdoes glimlachte. Hij pakte zijn jasje en keek op zijn horloge. 'Het is wel laat, maar dit moeten we doen, Jacob.'

Vanaf de De Clerqstraat reed Jacob naar de Bellamystraat en parkeerde op de kleine inrit van een groot gebouw. Op de muur was met grote verfletters 'Metaalwarenfabriek Stampwerk' geschilderd. Er stond een oud telefoonnummer onder, met maar 5 cijfers: 83700.

'Dit hebben ze gerestaureerd, deze oude gevelreclame. Weet je wat hier vroeger in zat?'

Jacob schudde zijn hoofd.

'Een chocoladefabriek van Caspar Flick. Hier maakten ze chocoladeflikjes.'

'Komt die naam hier vandaan? Flikken? Chocoladeflikken?'

Van Opperdoes knikte. 'Kijk maar naar de naam hier naast het pand.'

Op een witte deur naast de oude fabriek zag Jacob het staan: 'Caspar Flick', en op een uithangbord van de fabriek stond 'De Jonge Caspar' en 'anno 1868'.

'Caspar Flick was er al veel eerder. In 1745 begon hij een chocoladefabriek in de Nes die flikjes maakte.'

'En hoe weet jij dat nou weer allemaal?'

'Ik hou van flikjes,' zei Van Opperdoes droog. 'Zullen we dan maar?'

Jacob haalde diep adem. 'Vooruit dan.'

Dit waren de minst leuke klussen voor een rechercheur, maar Jacob troostte zich met de gedachte dat het voor degene die ze gingen bezoeken nog veel erger was.

Vlak naast de fabriek lag een pleintje, en aan de overkant van de smalle straat stonden een rij ouderwetse huisjes met voortuinen.

Bij het huisje waar ze moesten zijn brandde nog licht achter de ramen. Van Opperdoes belde aan. Er klonken voetstappen achter het dunne glas van de voordeur. Er ging een licht aan in de gang, waarna de deur op een kiertje werd geopend.

Een vrouw van eind zestig keek hen aan, met verrassend felle ogen. 'Ja?'

'Mevrouw Koster? Wij zijn van de recherche. Mogen we even binnenkomen?'

Ze keek onderzoekend naar Van Opperdoes en toen naar Jacob, die zijn legitimatiebewijs liet zien.

'Daar heb ik niks aan. Iedere kopieermachine kan zo'n ding maken. Je ogen, jongen, je ogen... die verraden of je goed of slecht bent. Of je aan de goede of de foute kant staat.'

De deur zwaaide open. 'Kom maar binnen.'

Ze ging hen voor naar de kleine woonkamer. Daar was het warm en het stond er vol met dingen die je in een oude Amsterdamse woning zou verwachten. Veel kristal, veel goud, veel kleedjes.

Ze wees naar de bank en stoelen. 'Ga maar zitten.'

Zelf ging ze ook met een zucht zitten, en hield zich met twee handen vast aan de leuning van haar stoel.

'Nou, zeg het maar. Wat voor ergs is er gebeurd? Ik zag het al aan jullie koppen. Die komen niet met vrolijk nieuws.'

'Het gaat over Dennis, mevrouw,' zei Van Opperdoes zacht. 'We hebben slecht nieuws.'

'Niet dood, toch? Zeg me dat hij niet dood is...'

'Ik ben bang van wel, mevrouw Koster. Het spijt me.'

Met één hand hield ze de leuning zo stevig vast dat haar knokkels er wit van werden. Haar andere hand schoot naar haar ogen en haar hoofd zakte voorover.

'O god...'

Het bleef stil. Ze hield haar hand voor haar ogen en haar hoofd ging met schokjes heen en weer.

'Die arme jongen...' Haar stem was gebroken.

Van Opperdoes stond op en legde zijn hand op haar schouder.

'Wat is er gebeurd?'

'We zijn nog heel druk met het onderzoek bezig.'

Ze veegde haar ogen droog en keek de oude rechercheur aan. 'Onderzoek? Geen ongeluk? Geen hartaanval?'

'Daar ziet het niet naar uit.'

Ze ging rechtop zitten, zonder de leuning los te laten. 'Is hij vermoord?'

'We kunnen er nog niet veel over zeggen, mevrouw Koster. Maar zodra we iets weten...'

Ze haalde nu bijna snuivend adem, alsof er een enorme woede in haar opwelde.

'Hij was bewaarder, weet u dat?'

'Dat weten we. In de gevangenis.'

Ze knikte hevig met een felle blik in haar ogen.

'Dat is er gebeurd.'

Van Opperdoes keek Jacob even aan. 'Wat bedoelt u?'

'Dat is er gebeurd. Dat heeft ermee te maken. Dat is zijn dood geworden.'

'De gevangenis, bedoelt u?'

'Dennis is een goeie jongen. Was een goeie jongen. Een aardige jongen, met zijn hart op de goede plek. En daar... binnen... met al die smeerlappen. Die wilden hem uittesten, bedreigden hem, of weet ik veel wat. Dat is er gebeurd.'

'Heeft hij problemen gehad?'

Ze keek Van Opperdoes aan, en alle woede was plotseling verdwenen. Ineens zat daar weer een heel zielig oud vrouwtje, wier ogen zich weer met tranen vulden.

'Hij at hier altijd, zeker een keer per week. "Mama, maak nog eens die lekkere stoofschotel van vroeger," vroeg hij dan. "Of die karbonaadjes, die je zo lekker kan bakken. Met jus." En dan gingen we eten. En dan kwamen zijn verhalen. De laatste tijd, misschien een maand of twee maanden geleden, had hij geen verhalen meer. Hij wilde er niet meer over praten. Maar ik wist dat er iets aan de hand was. Ik wist dat hij ruzie had, met een of andere grote jongen die in de gevangenis zat. En dat hij bang was, want die grote jongen bedreigde hem. En die zou vrijkomen...'

Hoofdstuk 8

Peter van Opperdoes kwam de kamer in, met achter zich de buurvrouw van mevrouw Koster. De oude vrouw zat nog steeds in haar stoel, het hoofd gebogen en haar hand voor haar ogen.

Mevrouw Koster had gezegd dat haar buurvrouw een goede vriendin van haar was, waarna Van Opperdoes haar was gaan halen. Hij had met de oude vrouw te doen en wilde haar niet alleen achterlaten met haar verdriet.

De buurvrouw nam mevrouw Koster in haar armen, die in snikken uitbarstte. De twee rechercheurs namen zo goed en zo kwaad als het ging afscheid en verlieten de woning in stilte.

Van Opperdoes keek ernstig, bijna kwaad.

'Gaat het?' vroeg Jacob.

'Laat mij maar even.'

Hij ging zitten in de auto, terwijl Jacob terugreed naar de Kinkerstraat, en van daaruit richting de Marnixstraat.

'Ze heeft in ieder geval een vriendin bij zich. Ze is niet alleen.'

'Ja,' zei Van Opperdoes kortaf. Het was niet vervelend bedoeld tegen Jacob, maar hij kon met de situatie gewoon niet zo goed overweg. Het verdriet van mevrouw Koster, die zich niet goed kon uiten, greep hem meer aan dan hij verwacht had.

Van Opperdoes keek op zijn horloge.

Jacob keek hem kort aan. 'Wat wil je doen?'

De oude rechercheur wreef in zijn ogen. 'Vraag IJsselstein of hij iets heeft waar we nu aan door kunnen werken, iets over Martin Simons... of misschien een ander spoor. Als dat niet zo is, gaan we naar huis en kijken we morgenochtend verder. Het was een lange dag.'

Jacob parkeerde voor de Raampoort. Inmiddels was het ruim na middernacht. De Jordaan was donker, maar door de ramen van het bureau brandde warm en geruststellend licht.

'Ik ga wel even naar binnen. Ga je mee?'

Van Opperdoes schudde zijn hoofd. 'Ik wacht hier wel even.' Terwijl Jacob overstak en het bureau in liep, stapte hij uit de auto en sloot bedachtzaam het portier.

'Wat is er met jou?' vroeg zijn vrouw.

De oude rechercheur haalde zijn schouders op.

'Ik wou dat ik iets had kunnen zeggen om haar te troosten. Iets. Maar er was niets.'

'Nu niet, nee.'

'Binnenkort wel dan?'

'Als jij deze zaak oplost wel.'

Van Opperdoes schudde zijn hoofd. 'Voorlopig ben ik nog mijlenver verwijderd van een oplossing.'

'Als je haar...' Zijn vrouw maakte de zin niet af.

'Wat wou je zeggen?'

'Nee, niks.'

Nu glimlachte Van Opperdoes. 'Je blijft typisch een vrouw, ook al ben je dood. Een balletje opgooien, en dan zeggen: nee, laat maar.'

Nu glimlachte zij ook, dat wist hij zeker.

'Als ze zou weten wat ik weet... zou kunnen voelen wat ik hier voel... dat zou al een hoop schelen.'

Van Opperdoes snoof. 'Nu snap ik waarom je het niet wilde zeggen. Wat stel je voor? Dat ik naar haar toe ga, en zeg: "Goh, mevrouw Koster... mijn vrouw is een tijdje geleden overleden, maar ik praat nog wel met haar. Ze zegt dat uw zoon het wel naar zijn zin heeft."'

Zijn vrouw was even stil. 'Ja, daarom maakte ik mijn zin ook niet af. Maar misschien kan ik het op een andere manier oplossen.'

Van Opperdoes trok een wenkbrauw op. 'Hoe dan?'

'Laat dat nou maar aan mij over. Je vertrouwt me, toch?'

'Tot in de dood, liefste...' Van Opperdoes keek naar boven en glimlachte.

Na een klein kwartiertje kwam Jacob weer naar buiten. Van Opperdoes had op de motorkap van de auto gezeten en naar de geluiden van de Jordaan geluisterd.

'IJsselstein heeft niets waar we nu direct mee aan de gang kunnen. De telefoon van Sylvia wordt uitgelezen via de computer. Martin Simons' telefoon staat uit, die is dus spoorloos.'

Van Opperdoes knikte en stond op. 'Dan gaan we naar huis, Jacob. Morgenochtend verder.'

'Moet ik je thuis afzetten?'

De oude rechercheur schudde zijn hoofd en liep langzaam richting Bloemgracht. 'Ik ga lekker lopen. Beetje frisse lucht zal me goed doen.'

'Tot morgen,' zei Jacob.

Het was tien minuten lopen voordat Van Opperdoes bij de Westerstraat aankwam. Het was er gezellig rumoerig, zoals altijd op een zaterdagnacht. Van Opperdoes groette de portier die bij café Nol stond, een van de beroemdste kroegen van de Jordaan. Binnen was het stampvol, een grote groep was de polonaise aan het lopen.

'Hoe is het?' vroeg Van Opperdoes.

'De halve Achterhoek zit binnen. En de andere helft komt uit Brabant. Nou, dan weet je het wel.'

'Feestje...'

'Nou en of. Die kunnen er wat van.'

De deur ging open en twee giebelende vrouwen staken buiten een sigaret op. Een man die naar binnen wilde werd door de portier geweigerd.

'Het is vol. Kom over een uurtje maar terug.'

Mopperend liep de man door.

'Je bent nog laat op straat, Van Opperdoes. Zaken, of ben je een avondje uit?' vroeg de portier met een valse grijns, terwijl hij de mokkende man nakeek.

'Een zaak. Druk dus. Ik ben nu op weg naar bed.'

'Iets waar je mijn hulp bij kan gebruiken? Je weet, ik heb altijd al bij de politie gewild.'

'Ik weet je te vinden als dat zo is, Henk.'

Van Opperdoes zwaaide kort en liep door. Op de hoek bij de Prinsengracht zag hij Carlo de stoelen op het terras ordenen en de laatste glazen weghalen.

'Ben je hier nou alweer, of nog steeds?' vroeg Van Opperdoes.

Carlo keek hem met grote ogen aan. 'Dat zou ik jou ook kunnen vragen. Volgens mij was jij hier vanochtend ook al. Maar je weet: het leven van een kleine zelfstandige gaat niet over rozen.'

'Ik wil wedden dat jij tussendoor geslapen hebt. Toen het even rustig was.'

Carlo glimlachte. 'Je kent me te goed. Rond zes, zeven uur gaan de klanten naar huis, of naar een restaurant. En rond half elf komen ze weer terug. Dus... Maar jij? Heb jij gewerkt de hele dag?'

Van Opperdoes knikte. 'Ik zal blij zijn als ik er zometeen in lig.'

'Wacht even,' zei Carlo, en dook naar binnen om even later met een glas warme melk terug te komen. 'Hier. Dan slaap je straks als een roos.'

De oude rechercheur ging op het bankje zitten en nipte van zijn melk.

Het rumoer van de Jordaan verstomde langzaam, terwijl de vermoeidheid begon toe te slaan bij Van Opperdoes. Hij zag Sylvia Oosterbaan voor zich, liggend op de grond van de woning op de Lauriergracht, en Dennis Koster in de auto op het Zeeburgereiland. De foto van Martin Simons zweefde door zijn geest. De moeder van Dennis had misschien een nieuwe verdachte opgeworpen; een gevangene waar Dennis ruzie mee had gehad. Een grote jongen, had ze gezegd.

Van Opperdoes stond op en bracht zijn lege glas naar binnen. 'Ik ga slapen.'

Carlo keek hem aan en schudde zijn hoofd. 'Jij gaat eerst liggen nadenken, en dan... heel misschien... val je in slaap.'

Van Opperdoes glimlachte, want precies zo zou het gaan, wist hij.

Terwijl Van Opperdoes bij Papeneiland zijn warme melk dronk, liep Jacob aan de overzijde van de woning van Martin Simons. Onderweg naar huis had hij een kleine omweg gemaakt naar de Blankenstraat, en de auto goed uit zicht geparkeerd. Hij wandelde door de donkere straat, langs de woning heen en sloeg de hoek om naar het muurtje bij de achtertuin. Ervoor wakend dat niemand hem zou zien, trok hij zich op aan het muurtje en keek de tuin van Martin Simons in. Binnen in de woning was het donker en, voor zover hij kon zien, leeg. De gordijnen hingen nog precies zoals die middag. Er leek niets veranderd. Daarom trok Jacob de conclusie dat Martin Simons nu niet thuis was. Hij liet zich van het muurtje zakken, gaapte, liep terug naar zijn auto en reed naar huis.

De melk had zijn werk gedaan. Van Opperdoes was, in tegenstelling tot wat hij en Carlo hadden verwacht, als een blok in slaap gevallen. Toen hij wakker werd kon hij zich niet eens herinneren of hij gedroomd had, maar hij voelde zich uitgerust. Na een drukke zaterdag baadde de Jordaan op zondagochtend in een heerlijke rust. De oude rechercheur liep over de stille Westerstraat naar het bureau.

Voor de deur stond Jan Rozenbrand, met zijn gezicht in het eerste zonnetje.

'Nog nieuws?' vroeg Van Opperdoes.

'Alles rustig gebleven vannacht. Jij gaat door met de moorden van gisteren? Heb je al een idee?'

Van Opperdoes schudde zijn hoofd. 'Er lag geen briefje bij met de naam van de moordenaar.'

Jan Rozenbrand, die ook al tientallen jaren bij de politie meeliep, glimlachte. 'Meestal niet.'

Hij wees naar boven. 'Jacob is er al.'

'Mooi,' bromde Van Opperdoes. Hij betrad het oude bureau, liep langs de balie richting de hal waar de trap naar boven was.

Jacob zat achter zijn computer en was driftig aan het typen. Met een laatste harde tik sloot hij een scherm af, waarna hij zich naar zijn collega toe draaide.

'Goedemorgen...'

'Mogge, Jacob.'

'Ik ben gisteravond nog langs de Blankenstraat gereden. Niks te zien. Geen licht, gordijnen nog hetzelfde, alles precies zoals wij het achtergelaten hebben. Zou hij gevlucht zijn na de moorden?'

Van Opperdoes haalde zijn schouders op. 'Dat is een mogelijkheid. Of hij heeft de moorden niet gepleegd en zit een weekendje in een vakantiehuisje. Alle mogelijkheden openlaten...'

'Ik weet het, maar als hij wel gevlucht zou zijn zouden alle stukjes van de puzzel zo goed in elkaar vallen,' zuchtte Jacob.

Van Opperdoes wees op de computer. 'Ben je nog wat meer te weten gekomen?'

Jacob liep naar de printer, waar net een velletje uit kwam. 'Nou en of. Dennis Koster werkte hier in Amsterdam, in de gevangenis op de Havenstraat.'

'Is die nog open dan?' vroeg Van Opperdoes zich verbaasd af.

'Ze gaan toch veel gevangenissen sluiten?'

'Hij gaat ook dicht. Ik weet alleen niet precies wanneer.'

Van Opperdoes draaide zich om. 'Laten we maar opschieten dan.'

Jacob meldde zich via de intercom. Kennelijk moest de man die de knop van de toegangsdeur bediende er lang over nadenken, want pas na een halve minuut zoemde de deur en klonk er een droge klik van het slot dat open ging.

Twee bewaarders zaten in een afgesloten hokje, een van hen drukte op een knopje zodat hij in de microfoon kon spreken.

'U bent van de recherche? Heeft u wapens bij u?'

De beide rechercheurs schudden hun hoofd. Ze wisten dat het een hoop gedoe zou opleveren dus hadden ze niets meegenomen. Ook rechercheurs moesten bij binnenkomst alles afgeven en door een metaaldetector lopen. Soms werden ze zelfs gefouilleerd.

'Dat is mooi,' zei de bewaarder. 'Komt u iemand bezoeken?' Hij keek op een lijst die voor hem lag. 'Er is geen bezoek van de politie aangemeld voor vandaag.'

Van Opperdoes boog naar de microfoon. 'We komen niemand van jullie gasten bezoeken. We willen wel graag met een van de leidinggevenden spreken.'

'Waarover?' vroeg de bewaarder.

Van Opperdoes zuchtte. Dit was een nieuwsgierigheid die nergens op sloeg. Hij had het ook zo vaak meegemaakt dat hij iemand belde, en dan eerst een telefoniste aan de lijn kreeg. Negen van de tien keer vroeg die dan ook waar het over ging. Van Opperdoes gaf daar nooit antwoord op, het ging diegene niets aan.

Hij boog weer voorover. 'Dat is strikt geheim, sorry.'

De bewaarder keek hem even aan, en was duidelijk niet blij. Zijn hele houding verraadde dat hij nu diep beledigd was. 'Ik bel wel even,' mompelde hij en hij pakte de telefoon.

Het duurde een paar minuten voordat een zoemer ging en een deur aan de binnenzijde van de gevangenis openzwaaide. Een man, gekleed in een grijs pak, kwam met uitgestoken hand naar hen toelopen.

'Heren. U bent van de recherche?'

De beide rechercheurs schudden hem de hand.

'Van Opperdoes, van bureau Raampoort.'

'Henk van Millegen. Wat kan ik voor u doen?'

'Ons ergens naartoe brengen waar we even rustig kunnen praten.'

Van Millegen ging hen voor naar zijn kamer. Het was rustig in de Havenstraat, waarschijnlijk omdat het zondagochtend was, en nog vroeg. Hij wees uitnodigend naar twee stoelen.

'Zeg het maar.'

'Dennis Koster werkt bij u.'

'Dennis Koster... jazeker. Een van de bewaarders.'

'We moeten u helaas vertellen dat hij is overleden.'

Van Millegen keek geschokt. 'Echt? Dat meent u niet... hij was heel jong. Wat is er gebeurd? Een hartaanval of zoiets? Of heeft hij een ongeluk gehad?'

Van Opperdoes keek hem aan. Zijn emotie leek oprecht. Hij besloot Van Millegen wat meer informatie te geven, omdat hij hen wellicht kon helpen.

'We denken dat er meer aan de hand is.'

'Is hij vermoord? Nee...'

Van Opperdoes schoof iets naar voren. 'Het onderzoek wijst wel in die richting.'

Van Millegen leunde achterover in zijn stoel en haalde zijn hand door zijn haar. Hij leek naar woorden te zoeken en keek de rechercheurs aan. Hij schudde zijn hoofd, schoof zijn stoel achteruit, stond op en liep langs zijn bureau heen en weer.

Toen stond hij stil, en richtte zijn blik op Van Opperdoes. 'Ik zal het waarschijnlijk wel niet mogen zeggen, maar ik denk dat ik weet wie het gedaan heeft.'

De oude rechercheur keek hem geïnteresseerd aan. 'Hier mag u alles zeggen. Alles wat u op uw hart heeft, alles wat u te binnen schiet.'

'Vier dagen geleden is een van de gedetineerden vrijgelaten. Barry Jonker. Hij heeft Dennis bedreigd, en gezworen dat hij hem iets aan zou doen. Die moet het gedaan hebben.'

Hoofdstuk 9

Peter van Opperdoes en Jacob bleven even achter in de kamer terwijl Henk van Millegen naar de administratie was gelopen. Jacob boog zich naar zijn collega toe. 'Barry Jonker. Zegt die naam jou iets?'

Van Opperdoes groef in zijn geheugen. De laatste keer dat hij met Barry Jonker te maken had gehad was in de tijd dat hij op de Warmoesstraat werkte. 'Het is alweer een tijdje geleden, dus ik weet niet zo goed wat er daarna met hem is gebeurd. Maar ik weet wel dat hij een behoorlijke reputatie op de Wallen had. Iemand die niet van praten hield, maar des te meer van slaan. Hij was aan het opklimmen in het milieu, toen.'

'Hij durft nu een gevangenisbewaarder te bedreigen. Dat is dan weer minder voor een grote jongen. Maar ja... hij zat ook vast.'

Van Opperdoes keek even naar de deur of Henk van Millegen al weer terugkwam, maar dat leek niet het geval. 'Vergis je niet. Dit is geen reguliere gevangenis, het is een huis van bewaring. Hier zitten de verdachten, in afwachting van hun proces. Het zou zomaar kunnen dat ze ineens vrijgelaten worden, of straks niet veroordeeld worden. Het zegt wel iets dat Barry Jonker hier vastzat, maar ook niet alles...'

Op dat moment klonken er voetstappen op de gang. Henk van Millegen was terug, met wat papieren in zijn hand en een wat aarzelende blik op zijn gezicht.

'Hier is zijn dossier. Ik heb nog even wat nagevraagd bij het vorige HvB waar hij gezeten heeft, daar was het patroon precies hetzelfde. Intimidatie, vervelend zijn, soms ronduit gewelddadig, pogingen om personeel om te kopen... Kortom, niets wat we niet al eerder gezien hebben, maar het is wel voor het eerst dat dit allemaal door een gedetineerde gedaan wordt.'

'Het verbaast me dat zo iemand dan wordt vrijgelaten. Hij heeft toch iemand bedreigd?' vroeg Jacob.

Van Millegen haalde zijn schouders op en hield het dossier demonstratief in de lucht. 'Dit is al een vrij aardig dossier. Wilt u alle dossiers zien van de bedreigingen die hier geuit worden? Het is niet bij te houden. Ik vraag me zelfs af of er in dit geval officieel aangifte is gedaan. Meestal hebben we daar niet zulke positieve ervaringen mee. Het is toch vaak één tegen één.'

Van Opperdoes haalde zijn schouders op. 'Dat kan zo zijn, maar dan staat het wel officieel op papier.'

'O, maar dat doen we wel. Hier, intern. Vandaar dat ik wist dat Barry Jonker Dennis bedreigd heeft. Er was een getuige, maar Dennis wilde er geen werk van maken.'

'U heeft dit verhaal van een getuige? Niet van Dennis zelf?'

'Dat klopt. Dat was ik even vergeten, maar Dennis heeft het zelf niet gemeld.'

Van Opperdoes trok een wenkbrauw op. 'Is dat niet raar?'

'Meneer Van Opperdoes, u werkt zelf met dit soort mensen. U zult zelf ook wel het een en ander over u heen hebben gekregen. Heeft u daar steeds melding van gemaakt? Misschien was Dennis dan toch niet zo geschrokken als ik eerst dacht.'

Van Opperdoes moest toegeven dat hij dat ook niet altijd gedaan had. Heel zelden eigenlijk maar. Zeker op de Warmoesstraat, waar hij gewerkt had, had je vervelende of dronken verdachten die niet wisten wat ze zeiden, maar daar ontwikkelde je een olifantenhuid voor. Bovendien was Van Opperdoes niet het type dat snel bedreigd werd. Hij was al wat ouder en rustig, en benaderde verdachten vaak op een kalme manier.

'Soms,' antwoordde hij daarom maar diplomatiek. 'Mag ik dat dossier zien?'

Henk van Millegen aarzelde een moment, maar gaf het toen aan de rechercheur. 'Ik wil u vragen om er even discreet mee om te gaan. Ongetwijfeld zult u het via justitie officieel kunnen opvragen, daarom geef ik het nu maar alvast.'

Van Opperdoes bladerde er even in. Het was een soort logboek waarin werd bijgehouden hoe Barry Jonker zich gedroeg. Er stonden veel aantekeningen in over agressie, maar ook over de contacten die Jonker onderhield met andere gevangenen.

Van Opperdoes gaf het dossier aan Jacob, die het ook snel even doorlas.

'Wie is degene die de bedreiging meldde? Dat staat er niet in.'

Van Millegen haalde zijn schouders op. 'Dat weet ik zo niet uit mijn hoofd. Waarschijnlijk iemand die het hoorde. Staat me zo even niet bij. Maar Dennis vond het zelf niet de moeite waard om te melden.'

'Maar een van zijn collega's dus wel.'

'Kennelijk.'

'Maar als Dennis daar geen melding van maakt...' vroeg Jacob.

'... dan doen we er verder niets mee. Een mutatie in dat dossier...' Van Millegen wees naar de map in Jacobs handen.

Er viel een stilte, die even duurde maar werd onderbroken doordat Van Millegen opstond en naar het getraliede raam liep.

'Het was een goeie jongen, Dennis. Voor zover ik er iets van kan zeggen. Ik bedoel, ik zie ze, ik praat af en toe met ze... en dat is het dan. Hoe ze buiten dit gebouw zijn, daar heb ik natuurlijk geen weet van.'

Van Opperdoes stond op. 'In tegenstelling tot Barry Jonker.'

Van Millegen knikte peinzend. 'Dat Dennis geen melding wilde maken, kan er ook mee te maken hebben dat hij bang was voor de gevolgen. Dan krijg je een politieonderzoek, wordt Barry Jonker verhoord en wordt daarom misschien nog kwader op Dennis.'

Van Opperdoes klonk verontwaardigd. 'Dat mag nooit een excuus zijn.'

'We zullen daar waarschijnlijk nooit meer achter komen,' leek Van Millegen het gesprek af te willen ronden. 'Dennis kan het ons in ieder geval niet meer vertellen.'

Van Opperdoes wilde zich daar niet zo makkelijk mee laten afschepen. 'Dennis niet, maar Barry Jonker heeft hem bedreigd. En na die bedreiging is Dennis vermoord. We zullen toch op z'n minst moeten kijken of daar een verband tussen is.'

'Ja, ja, natuurlijk...' haastte Van Millegen zich te zeggen. 'Zo bedoel ik het ook niet.'

De twee rechercheurs stonden op. Van Opperdoes stak zijn hand uit. 'Mochten we nog vragen hebben...'

'U weet me te vinden. Ik ben hier.' Hij schudde hen de hand, wachtte tot ze zijn kamer uit waren en liet zich toen met een zucht in zijn stoel zakken.

Van Opperdoes ging in de rechercheauto zitten. 'Nou nou...'

Jacob startte de wagen. 'Wat bedoel je?'

'Niets, eigenlijk. Ik zat even aan die Van Millegen te denken.'

'Wat dan?'

Van Opperdoes wreef over zijn slapen. 'Ik weet het niet. Maar dat hele verhaal vond ik...'

'Vreemd,' vulde Jacob aan.

'Ja. Vond jij dat ook?'

'Ja, maar ik weet niet precies waarom. Daar kan ik mijn vinger niet op leggen.'

'Ik wel,' antwoordde Van Opperdoes.

Jacob keek hem verrast aan.

'Toen hij hoorde dat Dennis Koster dood was, noemde hij gelijk de naam van Barry Jonker. Meteen. Zonder nadenken. Het was zijn eerste reactie. Barry Jonker heeft het gedaan.'

Jacob reed weg, in de richting van de Amstelveenseweg. 'Dat

klopt, maar daarna leek het wel of hij het afzwakte. In ieder geval ging het meer over het feit dat bedreigingen daar schering en inslag zijn. En Dennis had het niet zelf gemeld.'

Van Opperdoes maakte een ongeduldig gebaar. 'Maar waarom zou hij dat doen? Eerst meteen een mogelijke dader aanwijzen en het direct daarna weer afzwakken?'

Er viel een stilte, terwijl Jacob langs de ingang van het Vondelpark reed, onderweg naar de Overtoom.

Van Opperdoes dacht even na. 'Het is natuurlijk nogal wat om iemand van een moord te beschuldigen. Van Millegen is geen domme man, maar zijn eerste reactie was impulsief, emotioneel. Misschien kwam daarna de rede, en schrok hij van zijn eigen uitspraken.'

'Ja, dat zou kunnen.'

Er zouden die dag weer veel mensen de stad in komen om te winkelen, maar nu was de Overtoom nog redelijk rustig.

'Dus nu hebben we twee mensen die we moeten zoeken. Barry Jonker en Martin Simons. Dat wordt nog wat.'

Van Opperdoes peinsde. 'We moeten het misschien omdraaien.'

'Wat bedoel je?'

'Martin Simons is een man met psychische problemen. Voor mij is hij nog steeds een serieuze verdachte. Maar hij is onvindbaar, dus die moeten we actief zoeken. Barry Jonker is... hoe zal ik het zeggen... rechtlijniger. Voorspelbaarder, bedoel ik.'

'Dus?'

'Rij maar door, naar de Warmoesstraat. We gaan Barry Jonker niet zoeken... we laten hem naar ons toekomen.'

Jacob parkeerde de auto op de steiger van het oude bureau Warmoesstraat, ooit de rumoerige plek waar Van Opperdoes vele jaren gewerkt had als rechercheur, voordat hij om overplaatsing naar de Raampoort had gevraagd. De Warmoesstraat was een wereld op zich, zowel binnen als buiten het bureau. Er werkten rechercheurs die iedere stoeptegel van de binnenstad en elke crimineel die eroverheen liep kenden. Maar de leiding van het Amsterdamse korps had besloten dat het bureau dicht moest en dat er nooit meer een agent of rechercheur zou werken. Sindsdien werd het oude en sfeervolle bureau alleen nog maar door administratieve krachten gebruikt.

Van Opperdoes stond op de steiger en keek naar de achterkant van de vijf oude panden, die door middel van doorgebroken muren, trappetjes en kruip-door-sluip-doorgangetjes met elkaar verbonden waren. Het was een prachtige tijd geweest op dat bureau, hij dacht er vaak met plezier en weemoed aan terug.

'Wat gaan we doen?' vroeg Jacob.

Van Opperdoes liep de steiger af, langs coffeeshop The Grasshopper, de Oudebrugsteeg in. 'Weet je wat ik mis tegenwoordig, met al die nieuwerwetse methoden van rechercheren?'

'Nou?'

'Komen rechercheurs nog wel op straat? Gaan ze nog wel eens wandelen, gewoon de wijk in? Kennen ze hun pappenheimers? Weten ze wie waar uithangt? Weten ze wie ze moeten prikkelen om informatie te krijgen?'

Jacob schudde zijn hoofd. 'Iedereen zit binnen. Achter een beeldschermpje, of met een koptelefoon op, om telefoons af te luisteren. Wat er speelt op straat vinden ze niet meer belangrijk.'

Van Opperdoes sloeg de Lange Niezel in en stak vervolgens de brug over de Oudezijds Voorburgwal over. Ondanks dat het nog vroeg in de ochtend was, liepen er al veel mensen rond. Het was niet alleen een soort onofficieel ontmoetingspunt voor drugsdealertjes, maar ook de wat grotere criminelen hingen daar wel eens rond. Er liepen ook veel toeristen, die met open mond de drukte aanschouwden, en foto's maakten van de gracht met de rode lichtjes.

Van Opperdoes werd links en rechts door bekenden gegroet. De vele grote en kleine criminelen leken hem allemaal te herkennen. Ze groetten hem enthousiast of gaven hem een nauwelijks waarneembare hoofdknik.

'Je lijkt wel geliefd hier,' constateerde Jacob.

'Respect hebben voor iedereen, zelfs voor criminelen... en ze als mensen behandelen. Dat is het geheim. Dat onthouden ze.'

Hij liep rustig de Korte Niezel in, en sloeg aan het einde bij café De Scheepvaart linksaf, het voor auto's doodlopende stukje van de Oudezijds Achterburgwal op.

Dit leek een heel andere wereld te zijn. Het was de enige plek in Amsterdam waar de woningen in de gracht stonden, waardoor het op een kanaal in Venetië leek. De Oudezijds Achterburgwal maakte hier een prachtige bocht, om uit te komen bij de Oudezijds Kolk. Aan het einde van de gracht bevond zich een prachtige oude toren en een smalle steeg, de Vredenburgersteeg, die uitkwam op de Oudezijds Voorburgwal. De steeg lag tegen een oud gebouw, bestaande uit vele panden, dat vroeger een oudevrouwenhuis vormde, en daarvoor zelfs ooit bedoeld was als een katholieke schuilkerk. In de jaren tachtig viel het prachtige gebouw ten prooi aan krakers, die het uiteindelijk in beheer kregen van de gemeente. Tegenwoordig waren er muziekstudio's en woongroepen in gevestigd.

Jacob kende dit stille hoekje van de binnenstad niet en keek zijn ogen uit. Van Opperdoes liep een klein stukje terug, en belde aan bij een oud huis op de Oudezijds Voorburgwal.

Het duurde niet lang voordat het raam op de eerste verdieping werd geopend, en een oude vrouw naar beneden keek.

'Wat moet je?'

Van Opperdoes deed een stapje achteruit, zodat de vrouw kon zien wie hij was.

'Ben jij dat, Van Opperdoes?'

'Jazeker, mevrouw Jonker.'

'Moet je Barry hebben, zeker?'

'Ja, mevrouw Jonker.'

'Hij is hier niet.'

Van Opperdoes glimlachte. 'Ik geloof u meteen.'

'Hij is hier echt niet. Ga je nou elke dag terugkomen en aanbellen?'

Van Opperdoes haalde zijn schouders op. 'Dat zou kunnen. Hij komt vast nog wel bij u op bezoek.'

De oude vrouw priemde een vinger naar Van Opperdoes. 'Barry is een prima jongen, Van Opperdoes. Misschien haalt hij wel eens kattenkwaad uit, maar voor mij is het een prima jongen. Gisteren heeft hij nog boodschappen gedaan voor me.'

'Gisteren?'

'Of eergisteren! Dat weet ik toch niet meer. Probeer me daar niet op vast te pinnen!'

Van Opperdoes maakte een kleine hoffelijke buiging. 'Dat zou ik nooit doen, mevrouw Jonker. We gaan weer. Mocht u Barry nog spreken...?'

Het laatste wat hij zag was de woedende blik van mevrouw Jonker, voordat haar hoofd met een ruk verdween en het raam met een harde klap weer gesloten werd.

Van Opperdoes draaide zich tevreden om en slenterde de Oudezijds Achterburgwal weer af. 'Zo, dat is dat...'

'En nu?' vroeg Jacob.

'Nu wachten we even af. Het zal niet lang duren, denk ik.'

Hoofdstuk 10

Peter van Opperdoes wandelde met Jacob terug naar de Oudebrugsteeg en reden daarna samen in de auto de steiger van bureau Warmoesstraat weer af.

'Wat denk je dat er gaat gebeuren?' wilde Jacob weten.

'Wacht maar af...' zei Van Opperdoes met een glimlach.

Jacob wist beter dan door te vragen, en hij gunde zijn collega het plezier ook wel. Hij reed het drukke Damrak op, waar nog steeds gewerkt werd aan de nieuwe metrolijn. Er stond een flinke rij auto's voor de stoplichten bij de Prins Hendrikkade. Hordes mensen staken vanuit het Centraal Station over, in de richting van de Dam.

'En nu?' vroeg Jacob.

Van Opperdoes keek op de grote klok van het station. Hij zag dat ze nu al weer een tijdje aan het werk waren.

'Aha...' raadde Jacob. 'Jij hebt trek.'

Van Opperdoes glimlachte. 'Jij ook, denk ik?'

Het stoplicht werd groen, Jacob sloeg snel rechtsaf. 'Best wel.'

Van Opperdoes leunde achterover. 'Uit het feit dat je rechtsaf slaat in plaats van linksaf naar het bureau, maak ik op dat je weer een bepaald adresje in je hoofd hebt?'

Jacob knikte. Hij reed de Prins Hendrikkade op in de richting van de IJtunnel. 'Nou en of. Op een plek waar je het niet zou verwachten.'

'O? En waar is dat dan?'

'Wacht maar af,' zei Jacob. 'Ik kan ook geheimzinnig doen.'

Ter hoogte van de IJtunnel sloeg hij rechtsaf, naar het Waterlooplein, waar hij de recherchewagen ter hoogte van de ingang van het stadhuis parkeerde. Van Opperdoes keek verbaasd naar het grote gebouw.

'Gaan we naar de personeelskantine of zo?'

Jacob stapte uit en gebaarde zijn collega hem te volgen. Nieuwsgierig stapte Van Opperdoes uit. Maar in plaats van het stadhuis binnen te gaan, liep Jacob naar de ingang van het metrostation en daalde met de roltrap af. Beneden aangekomen sloeg hij rechts de hoek om, daar zat een klein winkeltje.

'De hapjeshoek', las Van Opperdoes boven het raam, in vrolijke letters. Er klonk swingende salsamuziek uit de winkel. Jacob liep naar binnen en groette de lange magere man die achter de toonbank stond.

Het was rustig binnen. In een hoekje achter in de smalle winkel stond iemand een broodje te eten, verder was er niemand. Van Opperdoes keek naar de bakken met Surinaams voedsel die in de vitrines stonden. Hij snoof de lucht even op, en was verrast door de vele geuren die hem deden watertanden. Alles zag er even lekker uit.

'Hallo Jacob,' klonk het vriendelijk. 'Wat kan ik dit keer voor je maken? Een lekker broodje?'

'Broodje varkensvlees en een broodje rundvlees. Met peper, maar niet te veel. Ik ken je.'

De man achter de toonbank lachte hartelijk. Hij pakte twee bakjes, en keek vragend naar Van Opperdoes. 'Meneer?'

Van Opperdoes keek Jacob aan.

'Alles is lekker,' antwoordde die op de onuitgesproken vraag.

'Jij kan het weten,' bromde de oude rechercheur. 'Doe mij dan maar hetzelfde, alsjeblieft.'

De man achter de toonbank schepte het vlees uit de grote bakken en warmde het op. De broodjes werden doorgesneden en belegd met het warme vlees, dat licht bestreken werd met wat Surinaamse peper, en voorzien van wat zuur.

Jacob rekende af, Van Opperdoes kreeg het tasje met broodjes mee. Op de roltrap opende Van Opperdoes het tasje.

'Dit ruikt echt heel erg lekker.'

'Je klinkt bijna verbaasd.'

'Ik weet dat ik dat niet hoef te zijn, want jij kent je adresjes als geen ander, maar toch... ze lijken wel steeds lekkerder te worden.'

Jacob lachte. 'Je moet het maar net weten te vinden. Deze zaak zit letterlijk onder de grond.' Hij deed de deur open voor zijn collega. 'Ze zijn het lekkerste als we ze nu opeten, terwijl ze nog warm zijn. Als we eerst terugrijden naar de Raampoort zijn ze koud.'

Van Opperdoes keek rond. 'Zoek maar een plekje op. Ergens langs de gracht, net als vroeger.'

Jacob reed weg, de Blauwbrug over en de Keizersgracht op. Vlak na de Utrechtsestraat was een parkeerplek, waar hij de auto neerzette. Van Opperdoes haalde twee broodjes uit de tas, en gaf er een aan Jacob. Hij nam een hap. De combinatie van het knapperige broodje, het malse vlees, de peper en het zuur deed hem genieten. Jacob zag zijn gezicht. 'Ik zei het toch?'

'Niks te veel gezegd.'

Jacob keek voor zich uit naar de overzijde van de Keizersgracht. 'Wat bedoelde je nou eigenlijk met "net als vroeger"?'

'Nou...' begon Van Opperdoes, terwijl hij weer een grote hap nam. 'Dat zal ik je vertellen... Vroeger, in de jaren tachtig, had je het zogenaamde recherche nachtpiket. Nu heeft iedereen een mobiele telefoon, en kan je 's nachts wakker gebeld worden. Maar dat had je toen niet. Als er iets gebeurd was en je 's nachts collega's nodig had, dan moest er naar huis gebeld worden. Gewoon, naar de vaste telefoon. Maar als collega's weg waren, kreeg je ze niet te pakken. Dus was er het nachtpiket van de recherche. Vier rechercheurs en een brigadier van de recherche. Die reden de hele nacht met twee auto's door de stad. Als er ergens iets gebeurde waar de recherche bij nodig was, dan gingen zij er als eerste naartoe. Dan was er in ieder geval snel recherche ter plaatse. Wat helemaal geen slecht idee was. Nu staan collega's van de uniformdienst 's nachts soms een uur te wachten tot er een rechercheur wakker is gebeld en hij of zij zich heeft aangekleed. Maar als het dan rustig was, midden in de nacht, en je de hele stad al drie keer had rondgereden, dan parkeerde je de auto op de gracht, zoals nu. En dan maar wachten. Hier op deze plek gebeurde altijd wel wat. Wist je dat er op de Utrechtsestraat en de Herengracht prostituees rondliepen?'

Jacob keek hem met grote ogen aan. 'Hier, op de gracht?'

'Tientallen. Vaak heroïneverslaafden. Die werden dan opgepikt door langsrijdende auto's. Er liepen pooiers rond, zogenaamd om ze te beschermen. De Amstelstraat om de hoek, waar je nu van die leuke clubs hebt waar het zo druk is, was een beruchte straat met kroegen die tot in de vroege uurtjes open waren. Drugs, drank en vuurwapens waren schering en inslag. Op deze gracht liepen ook de autokrakers rond. Bij bosjes. Stilzitten, en een beetje onderuit zakken zodat ze je niet zagen. Dan had je er zo een te pakken. En tot die tijd kon je een broodje eten.'

Jacob keek om zich heen. De gracht was gevuld met dure auto's, er liepen mensen rond die schijnbaar veel meer dan modaal verdienden. Hij kon zich niet voorstellen dat het hier in deze buurt ooit zo slecht was geweest.

Maar Van Opperdoes hielp hem uit die illusie. 'Het was in dezelfde tijd als de oorlog tussen de politie en de junks op de Zeedijk, Jacob. En de politie en de krakers. In de Amstelstraat was het oorlog tussen politie en de onderwereld, en hier tussen politie en straatprostituees. Ze zeggen het wel eens, maar vroeger was niet alles beter, echt niet. Aan de andere kant, ik had die tijd ook niet willen missen. Dat werk, die oorlogen... Je werd veel sneller agent of rechercheur dan nu.'

Dat kon Jacob zich ook wel weer voorstellen. Hij had de nasleep van de onrustige periode nog meegemaakt, maar kon zijn oren af en toe niet geloven als een stel oude rechercheurs bij elkaar zat en verhalen ophaalden. Wat een verschil met de jonge collega's van nu.

Hij schraapte zijn keel en nam een laatste hap van zijn broodje. 'Vandaar dat jij het af en toe hoofdschuddend aanziet.'

Van Opperdoes knikte. 'Vroeger, als je geslagen werd, gaf je een enorme klap terug. En niemand die er iets van zei. Degene die de klap terugkreeg, wist dat hij hem had verdiend. Tegenwoordig zit iedereen te piepen. Het moet allemaal weer een beetje normaler worden.'

Jacob gaf hem gelijk. 'Ik zag laatst een prachtige tekening. Twee plaatjes met precies dezelfde situatie. Twee ouders die met hun kind bij een lerares staan. Op de eerste zeggen de ouders tegen het kind: hoe komt het dat je zulke slechte cijfers hebt? Op het tweede plaatje schreeuwen de ouders tegen de lerares: hoe komt het dat hij zulke slechte cijfers heeft?'

Van Opperdoes glimlachte een beetje triest. 'Dat is precies wat er mis is tegenwoordig. Als een agent vroeger een kind op z'n kop gaf, kreeg dat kind van z'n ouders ook nog eens de wind van voren. Nu krijgt de agent de wind van voren. We zullen er maar mee moeten leven.' Ook hij nam de laatste hap van zijn broodje. 'Dit is echt heel erg lekker, Jacob. Alweer een goed adresje.'

Jacobs telefoon ging. Hij nam het gesprek aan maar hield de telefoon vrijwel meteen een stukje van zijn oor af. Van Opperdoes kon het geschreeuw aan de andere kant van de lijn horen.

'Volgens mij is het voor jou.' Hij gaf de telefoon aan Van Opperdoes.

'Hallo?'

Jacob gebaarde dat Van Opperdoes de telefoon beter ook een beetje van zijn oor af zou kunnen houden. Een stortvloed aan scheldwoorden en geschreeuw brulde uit het kleine apparaat. Toen het heel even stil was, hield Van Opperdoes de telefoon bij zijn oor.

'Barry?' vroeg hij.

Meteen klonk er weer een golf aan vloeken.

'Barry, stil eens even. Wat is er aan de hand?'

'Je hebt m'n moeder lastiggevallen, ouwe kloot!'

'Ik kwam daar niet voor je moeder, ik kwam voor jou.'

Barry schold een minuut lang, voordat hij weer ter zake kwam. 'Ik wil je spreken, Van Opperdoes. Jou alleen, en geen geintjes. Dan mag je zeggen wat je op je lever hebt, als je dat durft!'

Van Opperdoes zuchtte even overdreven. 'Over een uur. Onder de brug bij de Korte Prinsengracht. Goed?'

'Ik zal er zijn. En je kan maar beter zorgen dat jij er ook bent!' schreeuwde Barry. Van Opperdoes drukte het gesprek weg, en gaf de telefoon aan Jacob terug.

'Hij was niet blij, zeker?' vroeg Jacob.

'Zijn moeder was vroeger al zijn zwakke plek. Ik gokte dat ze dat nog steeds was, en dat klopte. Ze zal hem meteen gebeld hebben nadat wij weg waren. En nu is hij boos.'

'Wat wil hij?'

'Afspreken. Met mij alleen.'

Jacob schudde resoluut zijn hoofd. 'Dat gaat dus niet gebeuren.'

'Dat gaat wel gebeuren, Jacob. Het is de enige manier om een beetje redelijkheid in hem te krijgen. Zodra hij jou erbij ziet, is hij weg... of loopt het uit de hand.'

'O, en alleen met jou niet?'

'Misschien wel,' gaf Van Opperdoes toe. 'Maar misschien ook niet.'

'Wil jij die gok nemen?'

'Ik wil Barry Jonker spreken. En dit is de enige manier, want als hij niet gevonden wil worden, dan vinden we hem ook niet. Zo slim is hij wel.'

Jacob was het er niet mee eens, maar hij wist dat zijn vriend gelijk had.

Een uur later liep Van Opperdoes de Korte Prinsengracht op, stak de Haarlemmerstraat over en kwam bij de tunnel naar het Westerdok. Het was een lange tunnel, die onder de weg van de Haarlemmer Houttuinen en het spoor naar het Centraal Station doorging. Van Opperdoes liep aan de linkerkant, waar zware metalen staanders voor een bijna spookachtige lichtval over de weg zorgden. Het was hier, ondanks de drukte in de Haarlemmerstraat, erg rustig. Af en toe reed er een fietser langs, soms een auto. Halverwege de tunnel hoorde Van Opperdoes een stem.

'Ben je alleen?'

'Ja, Barry.'

'Heb je een wapen bij je? Nee, hè? Jij draagt toch geen wapen?'

'Nu niet, nee. Is dat nodig dan?'

Het was even stil. 'Nee, Van Opperdoes. Want ik heb een wapen. En ik heb het nu op jou gericht. Loop heel rustig door... naar het Westerdok. Ik hou je onder schot. Wij gaan eens even rustig praten.'

Van Opperdoes keek om zich heen. Hij zag niemand, maar hij wist dat Barry niet bluftte.

Langzaam liep Van Opperdoes door, wetend dat Barry een wapen op hem gericht hield.

Hoofdstuk 11

Peter van Opperdoes liep de tunnel uit in de richting van het Westerdok, en zag in zijn ooghoeken Barry tevoorschijn komen van achter een pijler in de tunnel. Hij had zich aan de waterzijde verborgen gehouden, zodat hij Van Opperdoes wel kon zien, maar zelf onzichtbaar was gebleven.

'Loop maar door,' klonk het dreigend achter de rechercheur. 'Ben je alleen?'

'Dat zie je toch?' zei Van Opperdoes rustig. 'Ik loop hier alleen.'

'Waar is je maat? Jullie waren met z'n tweeën vanochtend.'

Van Opperdoes stond stil en draaide zich om. Barry liep een meter of vijf achter hem en bleef ook stilstaan. Wantrouwend keek hij de oude rechercheur aan, maar die sprak hem rustig toe.

'Barry, hou eens op met die onzin. Je kent me. Je weet heel goed dat als ik zeg dat ik alleen kom, om hier met jou te praten, ik ook alleen ben. Jacob is hier niet.'

Barry's rechterhand zat verborgen in een van de diepe steekzakken van zijn jas. 'Je weet wat ik hier heb. Ik wil dat je doorloopt.'

Van Opperdoes schudde zijn hoofd. 'Een rechercheur bedreigen is nooit een goed idee.'

Barry stampvoette bijna van woede. 'Dan weet je ook eens hoe dat is. Mijn moeder voelde zich ook bedreigd!'

De oude rechercheur keek Barry eens onderzoekend aan. Die uitbarsting was erg onverwacht. Zou Barry drugs hebben gebruikt? Dat zou hem onvoorspelbaarder maken dan Van Opperdoes gehoopt had.

Hij probeerde rustig over te komen toen hij antwoordde. 'Ik heb daar niet zoveel van gemerkt, Barry, moet ik je eerlijk zeggen. Ik heb jouw moeder nog nooit bang gezien in al die jaren dat ik haar ken. En dat zijn er al heel wat. Kwaad kon ze wel worden, net als jij nu. Je hebt het niet van een vreemde.'

Barry stak zijn hand wat dieper in zijn zak, en gromde tussen zijn tanden. 'Lopen.'

Van Opperdoes haalde zijn schouders op en draaide zich om. Hij liep in de richting van het nieuwe Paleis van Justitie, dat aan de waterkant gebouwd was.

'Oversteken,' beval Barry, wijzend op het gebouw. 'Er is daar niemand op zondag, dus we hebben het rijk alleen.'

De oude rechercheur stak over, op gepaste afstand gevolgd door Barry. Het was inderdaad rustig bij het nieuwe Paleis. Er stonden wat mensen in de lobby van het hotel ernaast, maar die hadden geen aandacht voor de twee mannen die langsliepen.

Van Opperdoes bleef staan. 'En nu?' vroeg hij.

'Nu ga je sorry zeggen.'

Barry bleef dreigend op een afstandje staan, met zijn hand nog steeds diep in zijn jaszak.

'Waarvoor?' wilde Van Opperdoes weten.

'Dat je mijn moeder lastiggevallen hebt.'

'Sorry zeggen onder bedreiging van een wapen? Oprechte excuses zijn dat dan...' antwoordde Van Opperdoes.

'Zorg maar dat je het meent. Dat ik het geloof.'

Van Opperdoes haalde zijn schouders op. 'Ik zeg altijd alleen maar iets als ik het meen. En ik zal je vertellen over het bezoek aan je moeder. Het was nooit mijn bedoeling haar lastig te vallen. We waren op zoek naar jou, en dan kom je automatisch bij je moeder terecht. Jij bent daar veel, en het is helemaal niet raar of verboden als wij daar aanbellen. We zijn niet eens binnen geweest. En ik wist dat ze jou zou bellen, en dat jij dus zou weten dat ik met je wilde praten. Dat is dus gelukt, al zijn de omstandigheden niet helemaal zoals ik gehoopt had. Maar goed, daar komen we ook wel uit. Waar het om gaat is... Ik heb gewoon mijn werk gedaan. En je kan mij niet kwalijk nemen dat ik mijn werk doe, ik ga dus ook geen sorry zeggen.'

Barry keek Van Opperdoes kwaad aan, maar zei niets. Van Opperdoes liep heen en weer voor het water, terwijl Barry op afstand bleef.

'Kom op, Barry. Je weet toch hoe het werkt?'

Barry zweeg nog steeds.

'Als je niks zegt, dan ga ik weg. Ik ga straks gewoon die kant op, en ik ben weg. Dan weet je het vast.'

'Jij gaat helemaal niet weg.'

Van Opperdoes keek hem vragend aan. 'O nee? Wat wou je doen dan? Me neerschieten?'

De oude rechercheur liep naar Barry toe en ging voor hem staan. Nog steeds was het plein voor de ingang van het Paleis van Justitie leeg. Er was niemand te zien, maar natuurlijk hingen er rondom dit gebouw wel overal camera's. Van Opperdoes keek ernaar.

'Wat denk je nou? Wij hebben een afspraak gemaakt. Denk je dat niemand van mijn collega's weet dat wij hier zijn? Denk je dat je ermee weg zou komen als je mij nu neerschiet?'

Barry snoof. Hij keek Van Opperdoes aan, en leek iets te kalmeren.

Van Opperdoes legde zijn hand op de schouder van Barry. 'Haal je vinger nou maar uit je jaszak.'

Barry haalde langzaam zijn hand uit zijn jas en trok de voering van zijn zak naar buiten. Hetzelfde deed hij met zijn linkerjaszak. Er zat niets in. Hij grijnsde. 'Denk je nou echt dat ik zo gek ben om een wapen mee te nemen?'

'Nee. Daarom zei ik ook dat je je hand uit je jaszak moest halen.'

'Ja. Nou. Dus...' probeerde Barry, maar meer kwam er niet uit.

Van Opperdoes hief een waarschuwende vinger omhoog. 'Een rechercheur wijsmaken dat je een wapen hebt of doen alsof je een wapen hebt waarmee je hem neer zal schieten, is ook strafbaar. Het is bedreiging.'

Barry snoof weer, en veegde over zijn neus. 'Ik wilde je alleen maar terugpakken voor mijn moeder. Dat is alles.'

'Dus je was boos.'

'Heel boos. Mijn moeder is... mijn moeder. Daar moet je van afblijven.'

Van Opperdoes glimlachte. 'Denk je nou echt dat je moeder jouw bescherming nodig heeft? Die kan zich heel goed zelf redden.'

'Het is wel mijn moeder.'

'Je moet niet zo overdrijven. Wat is dat eigenlijk voor gedrag? Een beetje proberen je voor te doen als een zoon die heel goed voor zijn moeder zorgt. Is dat compensatie voor je criminele zaakjes?'

'Ik dacht dat jij rechercheur was. Je klinkt als een slechte psycholoog. Waarom moet je trouwens mij hebben? Ik ben een brave jongen.'

'Een brave jongen die net uit de gevangenis komt.'

'Waar ik geheel onterecht vastzat. Daarom ben ik vrijgelaten.'

Van Opperdoes schudde zijn hoofd. 'Welnee, Barry. Jij bent vrijgekomen door een, voor jou, gelukkige combinatie van een hele slimme advocaat en een hele domme rechter-commissaris. Je zat terecht vast, dat weet je zelf ook. En verder ben je ook helemaal geen brave jongen, maar gewoon een grote crimineel.'

Barry keek om zich heen en maakte een wegwerpend gebaar met zijn arm. 'Wou je me daarover spreken? Dan zijn we gauw klaar.' Hij maakte aanstalten om weg te lopen.

'Het gaat om een moord, Barry.'

Barry bleef staan, maar draaide zich niet om. 'Een moord?'

'Ja, een moord. Sterker nog: twee moorden.'

Nu draaide Barry zich om. Zijn ogen waren samengeknepen tot spleetjes, hij keek Van Opperdoes onderzoekend en enigszins argwanend aan. 'Twee moorden? Nu maak je me nieuwsgierig. Welke moorden?'

Van Opperdoes haalde zijn schouders op. 'Ik hoopte dat jij me dat zelf kon vertellen.'

Barry lachte schamper. 'Als je hier ter plekke een kladblok en een pen voor me hebt, dan zal ik even een bekentenis opschrijven en ondertekenen. Is dat wat je graag wilt? Of is er misschien ook nog zoiets als...' – Barry hopte nu van de ene voet op de andere, bij ieder woord dat hij uitsprak – 'de rechten van een verdachte?'

'Dus jij vind jezelf een verdachte?'

Barry's gezicht vertrok weer en met een serieuze blik in zijn ogen ging hij recht voor Van Opperdoes staan. 'Hou op met die spelletjes.'

'Het is een gewone, serieuze vraag. Ben jij een verdachte?'

Barry schudde zijn hoofd. 'Ik weet niet eens waar je het over hebt.'

'Het gaat om een man en een vrouw. Een vrouw die toevallig boven de man woonde. En die man werkte in een gevangenis, tot hij werd vermoord.'

Barry fronste argwanend. 'In welke gevangenis?'

Van Opperdoes knikte, alsof hij bevestigde wat Barry allang dacht, of wist. 'In jouw gevangenis, Barry. De Havenstraat. De bewaarder waar jij ruzie mee had. Of vertel ik je nu iets nieuws?'

Barry keek om zich heen en zocht een plek waar hij kon zitten. Een laag muurtje langs de waterlijn bood uitkomst. Hij liet zich op het muurtje zakken en keek om zich heen, met een nadenkende blik. Van Opperdoes kwam naast hem zitten.

'Hoe heet hij?' vroeg Barry.

'Wie?'

'Die dood is.'

'Dennis Koster.'

'Die is dood?'

Van Opperdoes keek Barry aan, maar die wendde zijn blik af. Hij zweeg, minutenlang. En Van Opperdoes liet de stilte voortduren, want hij wist dat in een gesprek een stilte meer kon zeggen, en meer effect had, dan woorden. Als je een stilte liet vallen, dan was de ander altijd geneigd om die stilte op te vullen. Vooral als diegene nerveus was, of iets te verbergen had.

Zo zaten de twee mannen zwijgend naast elkaar, totdat Barry iets zei. Het was zo zacht dat Van Opperdoes het bijna niet hoorde.

'Nu snap ik dat je me zocht.'

Het was gelukt. Barry was als eerste gaan praten.

'Ja? Snap je het?' vroeg Van Opperdoes.

'Tuurlijk. Ik ben niet achterlijk. Iemand heeft jou verteld dat ik ruzie met hem had.'

De oude rechercheur knikte. 'Dat kan ik niet ontkennen.'

'Wie was het? Zijn baas zeker?'

'Als je denkt dat ik jou dat ga vertellen, dan ben je echt veel dommer dan ik dacht.'

'Dat wijf is gek.'

Nu was het de beurt aan Van Opperdoes om te fronsen, want Henk van Milligen was toch echt een man. Barry merkte zijn verbazing niet op. 'Bedoel je de vrouw die dood is?'

'Is zijn baas dood?'

Van Opperdoes keek Barry aan. 'De vrouw die dood is, was een buurvrouw die boven Dennis Koster woonde.'

Barry haalde zijn schouders op. 'Dan was het niet zijn baas.'

'Ken je zijn buurvrouw?'

'Ik ken die hele Dennis Koster niet eens. Ja, uit de gevangenis. Maar ik weet verder niks van hem. Niet waar hij woont, niet wie er boven hem woont.'

'Maar je had wel ruzie met hem.'

'Ik heb met veel mensen ruzie. Vandaag had ik bijvoorbeeld ruzie met jou.'

Van Opperdoes knikte. 'Klopt. En je dreigde me ook te vermoorden. Doe je dat vaker bij mensen met wie je ruzie hebt?'

Het klonk vrij onschuldig, maar Barry begreep donders goed wat Van Opperdoes met die vraag bedoelde. Hij keek de rechercheur even aan. 'Maar ik heb je niet vermoord. Dat pleit juist voor me. Ik maak ruzie met mensen, ik zeg dat ik ze wat aandoe, maar ik doe het niet.'

'En waarvoor zat je dan nu in de gevangenis?'

'Dat is niet eerlijk.'

'Omdat je iemand zwaar mishandeld hebt.'

'Je mag niet de ene zaak met de andere vergelijken,' zei Barry.

'Maar dat deed je zelf net ook... Je vergeleek mijn bedreiging met die van Dennis Koster.'

Nu stond Barry op en ging weer voor Van Opperdoes staan. 'In de gevangenis heb je constant ruzie. Met allerlei mensen, personeel en medegevangenen. Die Dennis Koster was een vervelend mannetje, en...'

'Hoezo vervelend?' vroeg Van Opperdoes.

'Gewoon. Je kent dat wel, dat soort bijdehante bewaarders.'

'Ik heb geen idee. Ik zit niet zo vaak in de gevangenis.'

Barry wilde dat niet geloven. 'Kom op nou, het zijn je collega's.'

Nu moest Van Opperdoes glimlachen. 'Het zijn mijn collega's niet. Net zomin als parkeercontroleurs mijn collega's zijn. Het zijn ook ambtenaren, maar het is een ander vak, een andere bedrijfstak. Ze hebben niets met ons te maken. Dus wat voor type was Dennis Koster?'

Barry rolde met zijn ogen. 'Ik heb hier geen zin meer in.

Zoek zelf maar uit hoe hij was. Mag ik gaan?'

'Waarom wil je gaan?'

'Omdat ik ervan baal dat je me verdenkt. Ik ben een gevangene, ik heb een keer ruzie gehad, die gozer is dood en ik heb een hoop gezeik.'

'Barry, jij bent een grote jongen geworden in het milieu. Je bent een heethoofd, en je bent in staat om iemand te vermoorden, daar ben ik van overtuigd.'

Barry zweeg even. 'Dus...?' vroeg hij uiteindelijk.

'Dus je mag weg, maar we zijn nog niet klaar met je.'

'Whatever. Je zoekt het maar uit. Als je genoeg hebt tegen me, dan kom je me maar halen, en dan zal ik helemaal niks zeggen. Ik heb ook rechten, weet je? Het recht om niets te zeggen. En ik denk dat ik daar maar gebruik van ga maken. Vanaf nu.'

'Jij hebt niets met die moorden te maken?'

Barry keek Van Opperdoes hooghartig aan, en maakte met zijn vingers een gebaar langs zijn lippen, alsof hij een ritssluiting dichttrok. Daarna liep hij weg, Van Opperdoes achterlatend.

Toen hij een paar stappen in de richting van de weg had gezet, viel hem pas op dat er een man tegen een muur verderop geleund stond. Die had kennelijk de hele tijd naar hen staan te kijken.

Barry hield heel even in, toen hij langs de man liep. De man kwam van de muur af, en knikte even naar Barry.

'Je hebt mazzel dat ik je ballen er niet af heb geschoten, toen je mijn vriend daar net bedreigde.'

Barry keek de man even verbaasd aan. Jacob gunde hem echter geen blik meer en liep naar Van Opperdoes toe.

Hoofdstuk 12

Peter van Opperdoes keek over het water van het IJ. De zon scheen zacht en de ponten voeren hun eindeloze route naar Amsterdam Noord en weer terug. Het terras van het prachtige filmmuseum EYE was vol, maar op de plek waar Jacob en hij stonden was het nog steeds stil.

'Heb je het kunnen volgen?'

Jacob deed zijn oortje uit. Hij had meegeluisterd tjidens het gesprek tussen Van Opperdoes en Barry en het zelfs kunnen opnemen.

'Ik heb alles gehoord. Het apparaatje dat IJsselstein ons gaf werkte prima.'

Van Opperdoes viste het microfoontje uit zijn binnenzak en zette het uit. 'En, wat denk je ervan?'

'Een gevaarlijke gek. Onvoorspelbaar. Ik moet zeggen dat ik het behoorlijk link vond van je.'

Van Opperdoes haalde zijn schouders op. 'Hij is gek, en misschien onvoorspelbaar... maar hij kent zijn grenzen. Een rechercheur vermoorden, dat zou hij nooit doen.'

'Dat zei je van te voren al... gelukkig had je gelijk. Maar de andere vraag is: zou hij dan wel een bewaarder vermoorden? En een vrouw?'

'Ik heb daar geen twijfels over. Als je weet wat hij allemaal al gedaan heeft... Hij kan verschrikkelijk tekeer gaan, en zichzelf helemaal verliezen. Als hij op zo'n moment een wapen in zijn hand heeft, of de nek van een vrouw...'

'Dan gaan we daar van uit. Bovendien, ik luisterde naar hem en keek hoe hij deed... Die man leek tot alles in staat, en volgens mij was hij ook compleet doorgesnoven. Dus is Barry Jonker een serieuze verdachte.'

Van Opperdoes peinsde even voor zich uit. 'Nu meer dan ooit, eigenlijk.'

Hij liep langs het Paleis van Justitie naar het Westerdok. 'Ik vond hem vreemd reageren op die vermoorde vrouw. Hij sprak over de baas van Dennis Koster, wilde weten of zij het was die dood was. Maar wij hebben geen vrouw gezien in de gevangenis. Alleen die man in zijn kantoortje.'

'Misschien omdat het weekend was.'

De oude rechercheur stond stil en dacht na. 'Maar waarom was die Henk van Millegen er dan wel, op zondagochtend vroeg? En waarom wist hij meteen Barry Jonker te noemen? Die man is van de grote lijnen, niet van de details en de ruzies tussen de bewakers en de gevangenen, toch? Daar hoort iemand tussen te zitten.'

'Dat klopt,' zei Henk van Millegen. 'Daar zit ook iemand tussen.'

'Ik neem aan dat dat degene is die de dagelijkse leiding heeft?'

'Dat klopt ook. Heeft u Barry Jonker nog gevonden?'

Van Opperdoes fronste. 'Daar komen we straks op.'

Henk van Millegen stond op van achter zijn bureau en liep naar een wit bord op de muur, met verschillende A4'tjes erop. Hij zocht er een uit, en ging met zijn vingers langs het lijstje dat erop geprint stond.

'Dat is Lysette van Beek, Lysette met een Y. Maar die is dit weekend vrij. Ze is er morgen weer.'

'Ik denk dat we haar toch nu willen spreken. Heeft u haar adres?'

Van Millegen ging zitten en keek wat moeilijk. 'Gaat u nu naar haar toe dan? Ik vind het eigenlijk geen prettig idee als mijn personeel op hun vrije dag lastig wordt gevallen.'

Van Opperdoes keek de man verrast aan. 'Ze kan ons misschien helpen met het onderzoek naar een dubbele moord. U noemt dat "lastigvallen"?'

Van Millegen haalde zijn schouders op. 'Ik wil het liefst mijn personeel een beetje uit de wind houden.'

'Een van uw personeelsleden is vermoord. Het lijkt me dat uw eerste prioriteit ook het oppakken van de dader is.'

Van Millegen ging weer in zijn stoel zitten. 'Dat is het ook. Natuurlijk. En ik heb u ook meteen laten weten wie ik verdenk. Ik denk niet dat mevrouw Van Beek u verder kan helpen.'

De oude rechercheur had er genoeg van en stond op. 'Dennis Koster is vermoord. Het kan te maken hebben met privé-omstandigheden, het kan te maken hebben met zijn werk hier in de Havenstraat. Met beide opties houden wij rekening. U gaf zelf aan dat het te maken zou kunnen hebben met zijn werk, en de bedreigingen van Barry Jonker. Dan is het toch niet vreemd dat wij met andere personeelsleden willen praten?'

Van Millegen zweeg.

Jacob ging even verzitten en keek Van Millegen strak aan. 'Ik vind het eerder vreemd dat u ons daarvan probeert te weerhouden.'

'En wat bedoelt u daarmee?'

'Niets meer of minder dan dat ik het vreemd vind.'

Van Millegen voelde zich zichtbaar niet op zijn gemak. Hij keek van Jacob naar Van Opperdoes en vervolgens naar diverse punten in zijn kantoor. 'Ik probeer alleen maar de belangen van mijn mensen zo goed mogelijk te behartigen. Misschien heeft u gelijk dat het wat vreemd overkomt. Maar mijn mensen staan onder grote druk, en het overlijden van Dennis Koster maakt dat natuurlijk alleen maar erger. Vandaar dat ik liever heb dat er niet meer druk bijkomt. Dat is alles.'

Van Opperdoes wachtte even af, maar Van Millegen hield het hierbij.

'Uw mening stellen we op prijs. Maar er is hier maar één partij die beslist over de loop van het opsporingsonderzoek, en dat zijn wij. Dan wil ik nu graag het adres van mevrouw Van Beek. En een lijst met gedetineerden die hier de afgelopen twee maanden hebben gezeten en weer zijn vrijgelaten. En een lijst met alle personeelsleden.'

Van Millegen zuchtte bijna onmerkbaar. 'Ik zal een uitdraai maken van het personeel. De gedetineerdenlijst volgt ook, maar dat moet ik even door de administratie laten doen.'

'Prima. We horen graag wanneer u die heeft.'

Van Millegen typte wat op zijn computer en na een minuut begon er een printer te ratelen. Hij haalde het vel papier eruit en gaf dat aan Van Opperdoes. 'Dit zijn de personeelsleden, en degenen die de laatste twee maanden zijn weggegaan. Maar dat is eigenlijk niemand, als ik het zo zie.'

Van Opperdoes keek er even naar, vouwde het dubbel en stak het in zijn binnenzak. Daarna stond hij op en gaf Van Millegen een hand. 'Dank u. We zullen u op de hoogte houden, en mochten wij nog vragen hebben...'

'Dan weet u mij te vinden.'

Van Opperdoes liep naar de deur, en vlak voordat hij de kamer verliet, draaide hij zich nog even om. 'Ja, dat was nog iets...'

'Wat was nog iets?' vroeg Van Millegen verbaasd.

'U bent de directeur van deze instelling?'

'Ietsje lager. De tweede man. Een soort onderdirecteur.'

'En u werkt op zondag?'

Even leek Van Millegen uit het lood geslagen te zijn. 'Ehm... eh... ja, natuurlijk. Als het druk is, dan ga ik wel eens op zondag werken.'

'U doet dat dus wel vaker?'

Van Millegen leek niet blij met die vragen. 'Is dat ook al

vreemd of zo, dat u dat zo expliciet wilt weten?'

Van Opperdoes glimlachte vriendelijk. 'Zeker niet. Goedemiddag.'

Toen de zware toegangsdeur van de Havenstraat achter hen dichtviel, keek Van Opperdoes even omhoog, naar de camera die daar hing.

'Ik heb het gevoel dat die camera ieder moment met ons mee kan bewegen, zoals je weleens in films ziet.'

'Denk je dat iemand ons in de gaten houdt? Die Van Millegen bijvoorbeeld?'

'Geen idee. Ik denk wel dat Van Millegen blij is dat wij nu weg zijn.'

Jacob opende de auto. 'Hij reageert inderdaad raar.'

'Er zijn meer mensen die raar reageren nadat ze iets te horen hebben gekregen over een moord. Maar dit is... hoe zal ik het zeggen... onlogisch.'

'Dat hij niet wil dat wij naar Lysette van Beek gaan.'

Van Opperdoes stapte in en haalde het adressenbestand uit zijn binnenzak. 'Met name dat, ja.' Hij keek op de lijst. 'En dus gaan we nu meteen naar haar toe.'

'Waar woont ze?'

'Zijstraat van de Overtoom. De Schoolstraat.'

Jacob gaf gas en reed de Amstelveenseweg weer op. 'Een déjà vu, dit. Twee keer hetzelfde rondje op een dag.'

Vanaf de Amstelveenseweg reed hij de Overtoom op, en van daaruit de Schoolstraat in. Hij moest remmen voor een auto die hem tegemoet kwam. Beide auto's stonden stil, neus aan neus.

Van Opperdoes stapte snel uit en liep naar de auto tegenover hen toe. Achter het stuur zat een vrouw, die nerveus naar de naderende Van Opperdoes keek.

Die knikte vriendelijk, toen hij bij de auto stond. De vrouw, achter in de dertig, draaide haar raampje omlaag.

'Dag mevrouw...' begon Van Opperdoes. 'Bent u toevallig mevrouw Van Beek?'

De vrouw knikte. Van Opperdoes pakte zijn portemonnee en opende die. Hij haalde zijn legitimatiebewijs eruit en hield dat omhoog voor haar.

'Wij zijn van de recherche en willen heel graag even met u praten.'

De vrouw keek wat zorgelijk om zich heen. 'Ik wilde eigenlijk net even weggaan.'

'Waar naartoe?'

'Even eruit. En boodschappen doen.'

'We zijn zo klaar, denk ik. Even een kort gesprek.'

'Waarover eigenlijk? Ik heb niks gedaan, hoor.'

'Dat neem ik meteen aan, mevrouw. Maar het is wel een serieuze zaak, waar we mee bezig zijn.'

'Nou ja, als u het zegt.'

Lysette van Beek keek om zich heen om te zien of ze haar auto weer ergens kwijt kon zonder veel moeite te hoeven doen. Achter haar was nog plek. Jacob reed door en parkeerde iets verderop.

Lysette stapte uit en liep naar haar huis, op nummer 30. Met nerveuze vingers viste ze haar sleutels uit haar tas. 'Sorry hoor, ik schrik er een beetje van allemaal.'

'Dat snappen we, mevrouw. Je krijgt niet iedere dag onverwacht twee rechercheurs op bezoek.'

Ze opende de deur en liep een trap op naar de eerste verdieping. Daar kwamen ze in een verrassend ruime kamer, waarvan de wanden en de vloer wit waren. Er was weinig kleur in de woning, want ook het bankstel was van wit leer. Ze hing haar jas op, liep naar de keuken en dronk snel een glas water. Het duurde heel even voordat Van Opperdoes en Jacob haar weer hoorden.

'Wilt u koffie, of thee misschien?'

'Nee hoor, dank u wel,' antwoordde Van Opperdoes.

'Die andere meneer ook niet?'

'Nee hoor,' riep Jacob.

Ze bleef nog heel even weg. Toen ze de kamer weer in kwam was de eerste schrik kennelijk een beetje weggeëbd bij haar. Ze glimlachte vriendelijk en leek een stuk kalmer en zelfverzekerder. De twee rechercheurs waren op de bank gaan zitten.

'Nou, vertel dan maar wat ik voor u kan doen. Heeft het met werk te maken? Ik werk namelijk in de gevangenis, hier vlakbij.'

'Dat weten we, mevrouw Van Beek. We komen daar net vandaan.'

'O, meent u dat? Was er iets gebeurd?'

'Uw collega Dennis Koster is overleden.'

Ze was heel even stil, en ging toen op een stoel aan de eettafel zitten. 'Meent u dat nou?'

'Jazeker, mevrouw. Het spijt me.'

'Wat erg. Wat is er gebeurd?'

'Hij is vermoord.'

'Echt? O, wat erg. Hebben jullie... hebben jullie de dader al?'

Van Opperdoes schudde zijn hoofd. 'We zijn nog druk met het onderzoek. Misschien kunt u ons helpen.'

'Natuurlijk. Met wat?'

'Hij werkte met u, toch?'

'Ik ben een van de leidinggevenden op de vloer. Ik werk met een groep van de bewaarders. Hij was daar een van.'

Van Opperdoes knikte. 'En wat was Dennis voor iemand?'

Ze dacht lang na. 'Ik kan er niet zoveel over zeggen. Op z'n werk was hij prima. Niks mis mee. Hoe iemand privé is, weet ik natuurlijk niet. Iemand kan thuis heel anders zijn dan op zijn werk.'

Van Opperdoes hield zijn hoofd een beetje schuin. 'Bedoelt u daarmee dat dat zo was?'

'Nee, ik weet het niet. U vraagt me hoe hij was, maar ik kan daar niks zinnigs over zeggen.'

Van Opperdoes keek heel even naar Jacob. 'Maar op zijn werk?'

'Prima, zoals ik al zei. Een goede bewaarder.'

Jacob schoof iets naar voren op de bank. 'Waren er wel eens problemen met hem? Met collega's, of met gedetineerden?'

Langzaam schudde ze haar hoofd. 'Niet meer dan normaal.'

'Kent u Barry Jonker?' vroeg Jacob

Nu fronste ze haar wenkbrauwen. 'Ja. Wat is daar mee?'

'Die heeft in de Havenstraat gezeten. Hoe ging Dennis met hem om?'

'Gewoon, zoals met alle anderen. Hij deed zijn werk.'

'Wij hoorden dat Barry hem bedreigd had.'

'Barry bedreigde wel meer mensen.'

'Dus u nam dat niet serieus?'

Ze haalde haar schouders op. 'Ach, als je dat allemaal serieus moet nemen... Barry heeft het toch niet gedaan?'

'En waarom niet?'

Weer haalde ze haar schouders op. 'Wie vermoordt nou een bewaarder?'

'Iemand met een goede reden.'

Nu knikte Lysette van Beek. 'Ja, dat zal dan wel. Maar ik zou niet weten wie.'

Hoofdstuk 13

Peter van Opperdoes pakte de koffie die Jacob voor hem had gehaald en nam er kleine slokjes van. Jacob dronk thee, en tikte op zijn computer.

'Die naam komt niet voor.'

'Welke naam?' vroeg Van Opperdoes.

'Lysette van Beek.'

'O, die. Denk je dat ze antecedenten heeft? Ze werkt voor justitie. Die zal heus geen antecedenten hebben.'

'Hmm, nee...' antwoordde Jacob. 'Dat zal ook wel niet.'

De oude rechercheur ging staan en liep naar het raam. Inmiddels was het donker in de Jordaan. 'Maar waarom heb je gekeken of ze in het systeem staat? Dat vind ik een belangrijke vraag.'

Jacob leunde achterover. 'Gewoon. Omdat ik iedereen natrek die wij tegenkomen.'

'Maar ze is een getuige.'

Jacob kon dat niet ontkennen. 'Dat weet ik wel, maar...'

'Heb je Henk van Millegen ook nagetrokken?'

'Die nog niet. Maar dat was ik wel van plan.'

'Maar waarom Lysette dan wel? En als eerste?' drong Van Opperdoes aan.

'Omdat ik een beetje vreemd gevoel bij haar kreeg.'

Van Opperdoes draaide zich om en wees naar Jacob. 'Precies. Wat voor gevoel?'

'Ik kan het niet zo goed omschrijven. Alsof ze toneelspeelde of zo.'

Van Opperdoes glimlachte. 'Ik had dat ook, Jacob. Alsof ze

niet helemaal zichzelf was. En vreemd dat zij niet zo specifiek is over Barry Jonker.'

Jacob haalde zijn schouders op. 'Dat was ze wel, maar zij zegt dat die dreigementen niet direct op Dennis gericht waren, maar veel breder. Op iedereen.'

'Wel een toeval trouwens dat we net de straat in reden, toen zij wegging. En dat jij haar herkende.'

'Ik herkende haar niet. Hoe zou dat kunnen? Ik heb haar nog nooit gezien. Het was meer een gevoel. Zo van... dat moet haar zijn.'

'Dus geen toeval?'

'Toeval bestaat niet,' zei Van Opperdoes.

Jacob glimlachte. 'Jij zegt altijd "toeval bestaat niet" of "toeval bestaat". Het is maar net hoe het je uitkomt.'

'In dit geval was het geen toeval. Het was net zo'n soort gevoel als jij had.'

Van Opperdoes pakte een rode viltstift en liep naar het witte bord dat aan de muur hing. In het midden schreef hij de naam Dennis Koster, met daarnaast de naam Sylvia Oosterbaan. Daaromheen schreef hij Martin Simons, met een lijn naar Sylvia, en Barry Jonker, met een lijn naar Dennis. Erboven schreef hij Henk van Millegen en Lysette van Beek. 'Dit zijn ze, tot nu toe.'

'Tja, zeg het maar.'

'Ik weet het niet. Ik weet alleen dat we één iemand nog niet gesproken hebben.' Van Opperdoes wees op de naam van Martin Simons.

'Hoe kan het nou dat hij nog niet gevonden is? We hebben nog niets van IJsselstein gehoord, en die zou toch de telefoon van Martin Simons uitpeilen?'

Jacob wist het ook niet. 'Dan gebruikt hij zijn telefoon misschien niet. Of hij heeft de moorden gepleegd, en is inmiddels allang gevlucht. Zit hij ergens heel ver weg in het buitenland.'

‘Dat zou kunnen,’ beaamde Van Opperdoes. ‘Maar voor hetzelfde geld...’

Hij keek nog eens naar alle namen.

‘Wat?’

‘Voor hetzelfde geld is hij nog hier. We hebben iedereen gesproken, behalve hem...’ Dat laatste zei hij zacht, meer in zichzelf.

‘Dus...’

‘Iedereen heeft wel wat, Jacob. Lysette speelt toneel, Van Millegen probeert ons bij haar weg te houden, Barry Jonker zwakt alles af, maar is in staat tot moord, en Martin Simons is een obsessieve en gevaarlijke stalker, die absoluut een motief heeft.’

‘En dat hebben die anderen niet?’

Van Opperdoes ijsbeerde heen en weer in de recherchekamer. ‘Ik zou niet weten wat voor een motief Henk van Millegen en Lysette van Beek zouden hebben. Barry Jonker? Die bedreigt wel meer mensen. Maar Martin Simons...’

‘Dus?’

Van Opperdoes keek op de klok. Het was inmiddels, nu ze de verhoren van Van Millegen en Van Beek hadden uitgewerkt, al laat in de avond.

‘Heeft Martin Simons werk?’

‘Geen idee.’

Van Opperdoes hield zijn hoofd een beetje schuin. ‘Stel dat hij niet gevlucht is. Stel dat hij morgenochtend weer gewoon naar zijn werk moet?’

‘Ik gok op een ver buitenland.’

‘En dat hij de moordenaar is?’

Jacob zweeg. ‘Je mag nooit iets aannemen, toch?’

‘Maar je mag wel zeggen dat iemand een verdachte is. En die moeten we dus opsporen.’

‘Dat ben ik met je eens,’ constateerde Jacob.

Van Opperdoes bromde tevreden en ging aan zijn bureau

zitten. Hij opende de onderste bureaula, trok zijn voeten op en plaatste ze op de la, waarna hij achterover leunde. 'Maar hoe?'

'Als hij morgen moet werken dan komt hij misschien vanavond thuis...'

Van Opperdoes schudde zijn hoofd. 'Nu moeten we heel erg in "als" denken. Als hij morgen gaat werken, is dat dan geen teken van onschuld?'

'Of hij doet alsof er niets aan de hand is en speelt de onschuldige.'

De oude rechercheur trok geïrriteerd zijn voeten weer van de la en leunde voorover op zijn bureau. 'Hoe dan ook... We moeten hem hebben.'

'Dus?' vroeg Jacob weer.

'We moeten hem vinden. Waar dan ook, hoe dan ook.'

'Wat moet je?' klonk de stem van IJsselstein.

'Met Van Opperdoes.'

'Ja, dat dacht ik wel. Jij bent de enige die mij 's avonds laat thuis durft te bellen.'

'Ik heb een vraag.'

'Ook nog? Ik dacht dat je belde om me welterusten te wensen.'

'Dat doe ik straks dan nog wel even... Het gaat om de telefoon van Sylvia Oosterbaan.'

'Ja, wat is daarmee?'

'Heb je die uitgelezen?' vroeg Van Opperdoes streng.

'Sterker nog, ik heb alle gegevens bij de telefoonprovider opgevraagd. Veel nauwkeuriger.'

'En?'

'Wat en?'

'Kwam er nog wat bijzonders uit?'

'Niet veel.'

'Was er iets opvallends?'

Er klonk gerommel met papier aan de andere kant van de telefoon. 'Behalve dat ze een paar duizend keer door hetzelfde nummer gebeld is.'

'Een paar duizend?'

'Nou ja, bij wijze van spreken dan. In de drie dagen voor haar dood een heleboel keren. Tientallen. Honderden misschien, maar ik heb niet echt geteld.'

'Was dat het nummer van Martin Simons?'

'Nee,' zei IJsselstein. 'Het was een onbekend nummer.'

Van Opperdoes ging rechtop zitten. 'Dan had hij een nieuw nummer. Natuurlijk was dat wel Martin Simons. Hij had een nieuw nummer, en daarmee belaagde hij Sylvia weer. Kan je dat nummer natrekken? Misschien gebruikt hij het nog steeds.'

IJsselstein was stil, want tot die conclusie had hij zelf ook moeten komen, realiseerde hij zich. 'Ik bel je zo terug.'

Dat 'zo' duurde ongeveer vijfentwintig minuten. Toen ging de telefoon.

'Ik weet waar hij zit!' klonk het opgetogen.

Van Opperdoes veerde op. 'Waar?'

'In een hotel in Naarden. Jan Tabak. Vlak bij de A1. Daar peilt zijn telefoon uit.'

'Weet je het zeker?'

'Ik heb een kruispeiling gedaan, vanaf verschillende kanten. Het kan niet anders dan dat hij daar zit.'

'Wat doet hij in Naarden?'

'Ik denk dat je hem dat zelf moet gaan vragen, nietwaar?' zei IJsselstein bijdehand.

'Het was meer een vraag in het algemeen dan aan jou, maar reken maar.'

Hij hing op en zag Jacob hem vragend aankijken. 'Martin Simons... of nee, laat ik het objectief zeggen: een telefoon waarvan we denken dat Martin Simons die zou gebruiken, is in

Naarden. In een hotel bij de A1. Jan Tabak. Ken je dat?'

'Nou en of. Vlak bij de afrit. Ik rij er zo naar toe.'

Van Opperdoes grijnsde. 'Doe dat dan maar.'

Jacob wees naar het bureau van de oude rechercheur. 'Neem je wapen mee. Ik wil niet de enige zijn met een pistool als het uit de hand loopt.'

Het was nog geen halfuur rijden naar het hotel. Het was inmiddels al laat en er brandde weinig licht meer. Om niet op te vallen, parkeerde Jacob niet op de parkeerplaats van het hotel, maar in de brede laan ernaast. Ze liepen naar binnen door de grote draaideur en kwamen in een ruime lobby met een zitje en aan de linkerkant een doorgang naar het restaurant. Meteen na de ingang was een grote trap naar de eerste verdieping. De lobby was leeg.

Achter de balie aan de rechterkant naast de ingang stond een jonge vrouw in een keurig uniform. 'Kan ik u misschien helpen?'

Van Opperdoes en Jacob liepen naar haar toe. Jacob legitimeerde zich. 'Wij zijn van de recherche, mevrouw...' Hij boog voorover en bekeek haar naamplaatje op het uniform van het hotel. 'Mevrouw Madeleine. En we zijn op zoek naar iemand die misschien in dit hotel is.'

'Wie zou dat zijn?' vroeg ze, met een zangerige stem.

'Ene meneer Simons. Martin Simons.'

Ze klikte op het toetsenbord en keek naar de uitkomst op het scherm. 'Hmm, die naam zegt me zo niets.'

'Wacht even...' vroeg Jacob, terwijl hij een foto van Simons uit zijn binnenzak haalde. 'Misschien kunt u...'

Van Opperdoes tikte Jacob op zijn arm en wees. Boven aan de grote trap, hoog op de overloop, liep een man. 'Kijk voorzichtig naar boven.'

Jacob keek omhoog. Daar liep Martin Simons.

'Die man die daar loopt. Welke kamer heeft die?' vroeg Van

Opperdoes aan de receptioniste. Ze keek schuin omhoog.

'Dat is meneer Martins. Simon Martins. Ja, dat lijkt er wel op, hè? Die heeft...' Ze tikte weer wat in, en keek op het scherm. 'Kamer 126.'

'Heb je een sleutel voor ons?' vroeg Jacob.

De receptioniste knikte, en pakte een creditcard-achtige kaart, die ze in een apparaat stopte en elektronisch programmeerde, waarna ze hem aan Jacob gaf.

'Dank u wel,' zei Jacob met een beleefde hoofdknik, en vervolgens tegen Van Opperdoes: 'Ik pak de trap wel. Neem jij de lift.'

Van Opperdoes liep naar de lift en hield die in de gaten, terwijl Jacob met twee treden tegelijk de trap op rende. Toen hij boven was, en de gang en de lift onder controle had, gebaarde hij naar Van Opperdoes dat die de lift kon nemen.

Op de eerste verdieping liepen de rechercheurs de donkere gang in die naar de kamers leidde. Er was verder niemand te zien. Voor kamer 126 stopten de beide rechercheurs. Jacob legde zijn oor tegen de deur en luisterde.

Van Opperdoes keek hem vragend aan, maar Jacob haalde zijn schouders op, om aan te geven dat hij niets hoorde. De oude rechercheur wees naar de deurkruk, en knikte. Jacob pakte de toegangssleutel en stak die in het slot. Heel zachtjes drukte hij de deurkruk naar beneden en opende de deur.

Met zijn hand op zijn wapen liep hij de kamer in, gevolgd door zijn collega. Het was donker binnen, wat hem bevreemdde. Snel maar voorzichtig bekeken ze de kamer en de badkamer, maar er was niemand te zien. Jacob keek of Martin Simons door het raam of via het balkon weggekomen kon zijn, maar dat was niet zo.

Van Opperdoes keek naar de toegangsdeur van de kamer, die hij open had laten staan. Plotseling zag hij een schim langsrennen.

Martin Simons had zich verderop in de gang schuilgehouden, en rende nu richting de grote trap. Jacob schoot langs Van Opperdoes heen en haalde Simons bijna in, maar die maakte beneden een scherpe bocht en dook de tweede trap af, die naar de parkeergarage leidde. Hij gooide de zware deur beneden open, en verdween de garage in.

Jacob kwam een paar seconden later. Toen hij de deur had geopend, bleef hij staan. De garage was groot en redelijk verlicht. Er stonden diverse auto's in en een paar bochten in de garage maakten dat hij niet alles kon overzien. Hij aarzelde heel even, omdat hij niet wist hoe hij Simons kon inschatten. Zou hij gevaarlijk zijn? Ja, dat zeker. Zou hij ook gewapend zijn? Jacob wilde het risico niet nemen.

Hij voelde een hand op zijn schouder en keek om. Van Opperdoes stond achter hem, en duwde hem naar binnen. 'We vinden hem wel.'

Langzaam liepen ze door de garage, zo goed mogelijk alle auto's bekijkend en ervoor wakend dat ze geen plek over het hoofd zagen waar Simons zich zou kunnen verstoppen.

Plotseling startte een auto. De lichten gingen aan, de motor klonk dreigend grommend door de ruimte. Jacob stond midden in de garage. Als de auto nu gas zou geven en naar voren zou stormen, moest hij nog maar zien of hij weg kon springen.

'Martin!' riep Van Opperdoes. De motor gromde harder. 'Martin, niet doen! Je komt niet weg. De deur is afgesloten, en gaat niet open! Dat hebben we al afgesproken met de receptie boven. Je rijdt jezelf klem. We pakken je toch, maar jij kan ervoor zorgen dat er geen ongelukken gebeuren. Dat is het niet waard, Martin!'

Van Opperdoes liep in de richting van de auto, en keek de nerveuze Simons aan. 'Wees verstandig, Martin. Dan komt het goed.'

Martin verborg zijn hoofd in zijn handen. Toen hij weer naar

Van Opperdoes keek, ging zijn hand naar beneden. Hij zette de motor uit en gooide de sleutel uit het raam.

Jacob liep naar de deur, haalde Martin uit de auto en deed hem de handboeien om.

Martin zei niets, toen de twee rechercheurs hem mee naar boven namen.

Hoofdstuk 14

Peter van Opperdoes keek vanaf de draaideur van hotel Jan Tabak de politieauto na die Martin Simons naar het bureau in Amsterdam zou overbrengen. Simons had geen woord gezegd nadat hij uit zijn auto was gehaald.

'Alsof hij ons verwachtte...' dacht Jacob hardop.

Van Opperdoes wachtte tot de auto uit het zicht was, alsof hij vreesde dat Simons misschien nog op een of andere wonderbaarlijke en mysterieuze manier uit de auto zou ontsnappen.

Jacob, die met Madeleine had staan praten, kwam naar Van Opperdoes toe. 'De auto staat nog in de garage, en de deuren zijn afgesloten. Niemand kan er nu in. Jij wilde de auto toch hier laten onderzoeken?'

'Hij mag voor mijn part ook uit de garage gehaald worden, als ze die auto nodig hebben. Maar het lijkt me lastig om er met een kraanwagen in te komen. Dus laat ze het zelf maar zeggen, die jongens van de TR. En de hotelkamer wil ik onderzocht hebben.'

Jacob knikte en liep terug om de TR te bellen.

Van Opperdoes bleef peinzend voor de deur staan. Het hotel lag mooi, in een typisch Gooise villawijk. Rechts van het gebouw, aan de overkant van de weg, lag een klein parkje met daaromheen grote vrijstaande huizen. Van Opperdoes liep naar de weg en keek ernaar. Er ging een grote rust van uit. Hij liet zijn gedachten dwalen.

Waarom zat Martin Simons hier? Was hij hiernaartoe gevlucht nadat hij de moorden gepleegd had? En hij had een valse naam opgegeven. Weliswaar een die erg op de zijne leek, maar toch.

Hij liep naar binnen, waar Jacob nog aan het bellen was. Madeleine stond nog achter de receptie, een beetje van slag na de aanhouding van Simons.

Van Opperdoes glimlachte haar vriendelijk toe. 'Kan jij kijken wanneer die meneer Simons hier is gekomen?'

'Meneer Martins, bedoelt u?'

'Die bedoel ik, ja.'

'Dat hoef ik niet op te zoeken. Ik heb hem zelf ingecheckt, gisteren. Zaterdagmorgen.'

Van Opperdoes keek verrast op. 'En hoe laat was dat?'

'In de ochtend. Rond elf uur, volgens mij.'

'En hoe was hij?'

'Met de auto, want hij vroeg of die in de garage kon.'

Van Opperdoes glimlachte. 'Ik bedoel meer, hoe zag hij er uit, hoe gedroeg hij zich...'

Nu moest Madeleine lachen. 'Sorry hoor, ik ben nog een beetje... het is niet niks wat er nu allemaal gebeurt.'

'Dat snap ik.'

'Hij was...' Ze dacht na. 'Nou, hij was eigenlijk wel nerveus. Gehaast, een beetje bezweet, leek het wel. Hij keek ook steeds naar buiten, alsof er misschien iemand achter hem aankwam.'

'En wat heeft hij verder gedaan?'

'Nadat hij ingecheckt had?' Ze typte wat in op haar computer en bestudeerde het beeldscherm. 'Niet veel. Hij is volgens mij op zijn kamer gebleven. Hij heeft eten besteld via de roomservice, dus volgens mij is hij niet veel weggeweest.'

'Kan jij in het systeem nakijken wanneer de deur is geopend met de elektronische sleutel?'

'Dat kan ik.' Weer typte ze wat in. 'Het zijn er maar een paar. Wilt u een uitdraai?'

'Graag.'

Ze printte de gegevens uit en gaf deze aan Van Opperdoes.

'Dank je wel.' Van Opperdoes knikte vriendelijk ten afscheid en draaide zich toen om. Jacob rondde het telefoongesprek net af.

'En?'

'Hij is zaterdagochtend hier ingecheckt. Onder een valse naam dus.'

Jacob keek Van Opperdoes verrast aan. 'Vlak na de moorden?'

'Klopt.'

Jacob keek even naar de grond. 'Tjonge. Die man heeft een woning in Amsterdam. Hij heeft een soort... weet ik veel wat... smetvrees. En een plek waar hij zijn obsessie kan uitleven, in zijn schuur. Waarom gaat hij naar een hotel, vijfentwintig kilometer verderop? En dan nog wel uitgerekend vlak nadat zijn obsessie en haar vriend zijn vermoord?'

'Het is opvallend.'

'Ik vind het meer dan opvallend,' zei Jacob. 'En wat heeft hij hier gedaan?'

De oude rechercheur gaf Jacob de uitdraai van de sleutelgegevens. 'Bijna alleen maar op zijn kamer gezeten. Hij heeft wel een paar keer de deur geopend, maar dat is misschien vijf of zes keer geweest, gisteren en vandaag. Eten kwam via de roomservice.'

Er viel een stilte waarin beide rechercheurs hetzelfde dachten. Dit gedrag van een bijna psychopathische stalker was wel heel erg opvallend. Het leek op vluchtgedrag. Zouden ze de moordenaar nu te pakken hebben? Het zou heel goed kunnen... Nu kwam het erop neer dat ze moesten gaan bewijzen dat Martin Simons daadwerkelijk de moorden had gepleegd.

'Wanneer komt de technische recherche?'

'Weet je hoe laat het is?'

Van Opperdoes keek op de klok. 'Ze lagen te slapen zeker?'

Jacob grinnikte. 'Maar wel met een telefoon onder hun oor. Weer Hugo en Ton.'

'Ja, die werken het hele weekend natuurlijk. Komen ze hierheen?'

'Het zal alleen wel even duren. Ze moeten zich nog aankleden, tandjes poetsen... en dan de bus opstarten en vanaf Amsterdam-West hiernaartoe rijden.'

Van Opperdoes keek vanuit de lobby naar de ruimte waar het restaurant van het hotel zat. Daar stond ook een aantal makkelijke stoelen. 'Er loopt niets weg, we hoeven niets in de gaten te houden. Laten we dan maar even wachten.'

De twee lieten zich in de comfortabele stoelen zakken, ieder in eigen gedachten verzonken.

'Het is precies waar je voor moet uitkijken,' zei Van Opperdoes toen.

Jacob wist meteen wat hij bedoelde. Nu dachten ze de goede te pakken te hebben, maar het zou niet de eerste keer zijn dat een situatie helemaal omdraaide.

'Klopt,' zei Jacob, 'maar jij zult toch ook meegemaakt hebben, dat het wel allemaal klopte. Dat alles in elkaar viel?'

'Vaak genoeg.'

'Dus daar moeten we ook rekening mee houden.'

'We moeten met alles rekening houden. Hier moet alles onderzocht worden op mogelijke sporen. Auto, hotelkamer, kleding...' Plotseling zweeg hij.

'Wat is er?'

'Kleding. Zag jij iets in zijn kamer?'

'Niet dat ik me kan herinneren. Want?'

Van Opperdoes stond op en liep naar Madeleine. 'Jij hebt hem ingecheckt, toch?'

'Jazeker.'

'Had hij bagage bij zich?'

Nu moest Madeleine even denken. 'Dat weet ik niet meer.

Misschien een klein dingetje, een tasje of zo? Nou, nee, ik weet het echt niet meer.'

Van Opperdoes liep snel naar Jacob. 'Wil jij met de Raampoort bellen? Als Martin Simons daar wordt binnengebracht, moet zijn kleding in beslag worden genomen. Laten ze hem maar een drenkelingenpak en een extra deken geven.'

'Want?'

'Ze weet niet meer of hij extra kleding bij zich had. Stel je voor dat hij overhaast hier naartoe is gereden nadat hij de moorden gepleegd had, zonder extra kleding...'

Jacob pakte zijn telefoon. 'Dan heeft hij nog dezelfde kleren aan als bij de moorden. En kunnen er nog bloed of andere sporen op zitten.'

Hij liep naar buiten en belde de Raampoort. Van Opperdoes was weer in de stoel gaan zitten, en keek op toen hij de stem van Madeleine hoorde. 'Jullie zijn hier nog wel even, begrijp ik?'

'Ik ben bang van wel.'

'Zal ik dan even koffie voor u regelen? Dat is geen moeite.'

'Dat zou heel fijn zijn. En voor mijn collega misschien een kop thee?'

'Natuurlijk. Ik kom er zo aan.' Ze glimlachte vriendelijk en liep naar de grote koffiemachine die achter in het eetgedeelte stond.

Jacob zakte in de stoel naast Van Opperdoes. 'Die is goed bezig...' vond Jacob. 'Perfecte service hier.'

'Was je nog op tijd?'

'Ja, ze waren nog onderweg. Simons zit stevig met zijn handen op zijn rug, dus hij kan nu ook niet veel kwaad. Ze nemen alles in beslag, in overleg met de TR, dus het wordt meteen goed verpakt. Daarna komen ze hierheen. Dus we zitten hier nog wel even.'

Anderhalf uur later betraden Hugo Pastoor en Ton van Maan de lobby van het hotel.

'Je hebt hem?' vroeg Hugo opgetogen.

'We hebben iemand...' wees Van Opperdoes hem terecht.

'Ik bedoel ook niet dat je de moordenaar hebt. Je hebt de stalker. Toch?'

'Ja, inderdaad, die hebben we.'

'En wat gaan we onderzoeken?' vroeg Ton.

'Een auto in de garage, waarmee hij gekomen is. En zijn kamer hier in het hotel.'

Ton gaapte. 'Laten we dan maar snel beginnen. Des te eerder kan ik weer naar mijn bed.'

'De auto staat beneden in de garage. Die is afgesloten voor iedereen.'

Ze haalden hun spullen uit de bus. 'Eerst de auto dan maar? Als er nog iemand weg wil vannacht, dan kunnen ze tenminste de garage weer in.'

Hugo liep de trap al af. Snel deden de twee rechercheurs een onderzoek in de auto. Eerst werden vingerafdrukken afgenomen en DNA-materiaal verzameld. Daarna doorzochten ze de auto op andere sporen. De auto was echter smetteloos.

'Niks...' verzuchtte Ton toen hij de kofferbak dichtklapte. 'Zelfs de papieren in het handschoenenkastje liggen bij wijze van spreken op alfabet. En het is zijn eigen auto, geen huurauto of zo waarin een blind paard geen schade aan kan richten. Zullen we dan maar naar boven gaan?'

'Wat wil je met de autosleutels, Van Opperdoes?' vroeg Hugo.

'Meenemen. We moeten ook nog naar zijn huis in Oost.'

Hugo keek Ton even aan en grijnsde. 'Daar gaat je nachtrust.'

Ze verzamelden hun spullen en gingen met de lift naar de eerste verdieping. De kamer van Simons was inmiddels weer afgesloten, maar Van Opperdoes opende hem voor de twee technisch rechercheurs.

'Jullie zijn al binnen geweest?' vroeg Ton.

Jacob knikte. 'Op zoek naar hem.'

'Dus we zoeken alleen naar grote sporen? Kleding, bloed, wat dan ook?'

'Klopt,' zei Van Opperdoes.

'Dan zijn we hier tenminste gauw klaar. Het is geen PD, hier is niemand vermoord.'

'Voor zover we weten niet,' antwoordde Van Opperdoes droog.

'Hou op met me, hoor,' zei Hugo. 'We gaan hier doorheen, daarna gaan we naar zijn woning in Oost. En jullie?'

Van Opperdoes glimlachte. 'We blijven bij jullie. Jullie niet slapen, wij ook niet slapen.'

Ton bromde tevreden. 'Dat is tenminste collegiaal.'

Ze liepen naar binnen en kwamen ongeveer twintig minuten later weer naar buiten. 'Binnen is niets.'

Dat verraste zelfs Van Opperdoes. 'Niets?'

'Helemaal niets. Het bed is beslapen, er staat een bord van de roomservice, denk ik. Wat tekenen dat hij hier inderdaad een dag en een nacht heeft gezeten, maar geen kleding, geen tandenborstel, geen wat dan ook.'

Van Opperdoes keek Jacob aan. 'Dat zou kunnen betekenen dat hij hier overhaast naartoe is gegaan.'

Jacob knikte. 'Na de moord. Toch een vlucht.'

'Het zou kunnen, Jacob, het zou zomaar kunnen.'

De Blankenstraat was donker en uitgestorven, nu het midden in de nacht was. De witte bus van de technische recherche en de rechercheauto met Jacob en Van Opperdoes parkeerden voor de deur.

'Ik denk dat er binnen niet veel te vinden is, maar we moeten toch even kijken,' zei Van Opperdoes toen ze bij de voordeur stonden.

Hugo hield in. 'Wat zeg jij daar nou? Dat is helemaal niks voor jou.'

Van Opperdoes probeerde onschuldig te kijken. 'Hoe bedoel je dat?'

'Dat er binnen niet veel te vinden is?'

'O, dat...'

'Ja, dat ja. Ik ken jou, Van Opperdoes. Jij zegt niets zomaar. Vertel op, hoe weet je dat?'

'Misschien moeten we in de tuin beginnen,' antwoordde Van Opperdoes.

Hugo keek Ton aan. 'Hij is al binnen geweest. Wedden?'

'Nou? Vertel?' zei Ton.

Van Opperdoes keek weg, en ook Jacob ontweek de blikken van de twee technisch rechercheurs.

'De sleutel van het tuinhuisje hangt in de keuken,' mompelde Jacob zacht.

Hugo stak hoofdschuddend de sleutel die ze mee hadden genomen in het slot en liepen de woning in. Toen ze uit het halletje kwamen, en de woonkamer in liepen, hoorden ze een geluid in de slaapkamer. Iedereen stond stil en keek elkaar even aan. Heel snel trok Jacob zijn wapen. De twee technisch rechercheurs, die ongewapend waren, bleven achter terwijl Jacob en Van Opperdoes naar de deur van de slaapkamer liepen, die een klein stukje open stond. Hugo drukte Jacob nog snel een felle zaklamp in zijn handen.

'Politie, wie is daar?' riep Jacob naar binnen, maar er gebeurde niets.

Jacob duwde de deur open, en met zijn wapen in zijn ene hand en de lamp in de andere, scheen hij naar binnen.

Er lag iemand in het bed van Martin Simons, die zich onder het dekbed schuilhield.

'Laat je handen zien!' riep Jacob.

Langzaam verschenen twee handen aan weerszijden van het dekbed. Van Opperdoes keek ernaar en trok langzaam het dekbed naar beneden, zodat het gezicht van degene die zich schuilhield onthuld werd.

Knipperend tegen het felle licht kwam het gezicht van Sylvia Oosterbaan tevoorschijn.

Hoofdstuk 15

Jacob liet zijn wapen en de zaklamp zakken, schudde met zijn hoofd en hief de lamp weer omhoog om vervolgens nog eens in het gezicht van Sylvia Oosterbaan te schijnen. Hij wist niet wat hij moest zeggen en keek naar Van Opperdoes, die ook sprakeloos in de deuropening van de slaapkamer stond.

'Zij was toch... zij is...'

'Dat dacht ik ook,' antwoordde Van Opperdoes. Daarna bleef het even stil, tot de oude rechercheur het licht in de slaapkamer aan knipte. De vrouw in bed trok het dekbed op tot onder haar kin en staarde met grote ogen naar de twee rechercheurs.

'U hoeft niet te schrikken, mevrouw. Wij zijn van de recherche.'

Jacob borg zijn wapen op en toonde zijn legitimatie.

'Recherche? Wat... wat doen jullie hier?'

'Wij zijn bezig met een onderzoek, mevrouw...?'

'Jansen. Fleur Jansen.'

Doordat het licht in de kamer inmiddels op volle sterkte scheen, zag Van Opperdoes dat deze vrouw inderdaad niet de overleden Sylvia Oosterbaan was. Maar de gelijkenis was verbluffend.

'Heeft u een legitimatiebewijs bij u?' Van Opperdoes zag nu ook een kleine tas naast het bed staan. Op een stoel lag wat kleding waar Fleur naar wees. 'In mijn broekzak.'

Van Opperdoes pakte de broek, en haalde daar een kleine portemonnee uit, waarin een ov-chipkaart en een identiteitskaart zat. Het stond inderdaad op naam van Fleur Jansen.

'En mag ik vragen wat u hier doet?' vroeg Fleur Jansen nogmaals.

‘Wij zijn bezig met een onderzoek.’

‘O.’ Fleur leek het allemaal nog niet heel erg te bevatten.

‘En mogen wij vragen wat u hier doet? Wij hadden u eerlijk gezegd niet verwacht hier.’

Ze zuchtte diep, en haalde toen haar schouders op. ‘Ik slaap hier.’

‘Ja, dat was duidelijk. Maar hier, in huis. Volgens ons woont u hier niet.’

‘Nee, dat klopt. Hier woont Martin. Maar die is er nu niet. We zouden dit weekend afspreken. Maar ineens belt hij gisteren op en zegt dat hij niet kan, maar dat ik wel hier in huis mocht slapen. Bij mijn buren zijn ze aan het verbouwen namelijk, en dan slaap ik niet zo goed vanwege de herrie. Dus ik mocht hier slapen. En nou ben ik toch nog wakker, midden in de nacht.’

‘Martin is uw vriend?’

‘Ja, nou ja, zoiets. Een vriendje.’

‘Hoe lang kent u hem al?’

‘Een maand of twee. Hij is heel aardig hoor, hij is helemaal idolaat van me. Koopt kleren voor me, enzo. En hij zegt me hoe ik me op moet maken, en hoe ik mijn haar moet doen. Heel leuk allemaal.’

Van Opperdoes was verbijsterd. ‘Hoe heeft u hem ontmoet?’

Ze giechelde een beetje. ‘Op een datingsite. Hij zei dat hij mijn foto gezien had, en dat hij daar helemaal ondersteboven van was.’

‘Ja, dat wil ik geloven...’ zei Jacob.

Van Opperdoes keek om zich heen. ‘En u bent hier wel vaker geweest?’

‘Ja, o ja. Een paar keer al.’

‘Dus u kent dit huis.’

‘Natuurlijk.’

‘En de tuin?’

Ze glimlachte verlegen. ‘De tuin mocht ik wel in, maar niet

in de schuur. Die was afgesloten, zei Martin. Daar had hij een speciale verzameling planten, en daar mocht geen tocht bij komen.' Ze giechelde weer. 'Volgens mij heeft hij daar hashplantjes of zo.'

Van Opperdoes dacht heel even na. 'Kleed u zich maar even aan. Wij wachten in de woonkamer.'

De twee rechercheurs trokken zich terug.

'Heb je dat gezien?' fluisterde Jacob.

'Ik zag het...'

'Hij heeft Sylvia gekloond. Een meisje gevonden dat op haar lijkt, en die dan als een soort alternatief voor Sylvia gebruikt. Hij... die man is waanzinnig.'

'Ik denk het ook.'

'Misschien was Sylvia door haar wel overbodig geworden. En ging hij haar steeds meer bedreigen en uiteindelijk vermoorden. Hij had per slot van rekening nu een ander,' dacht Jacob hardop. 'En zij daar is nou ook niet een van de snuggersten die er rondlopen...'

'Jacob...' zei Van Opperdoes bestraffend.

'Het is toch zo?'

'We zullen toch een verklaring van haar moeten hebben. Snugger of niet. Al weet zij denk ik van niets.'

Jacob haalde zijn schouders op. 'Dat hoeft niet à la minute. Kan morgen ook. Wij hebben Martin Simons nog om te verhoren, en die lijkt me iets belangrijker.'

Van Opperdoes knikte peinzend. 'Ja, dat klopt. Laten we de belangrijkste vragen anders nu maar even stellen, op de IJtunnel bijvoorbeeld, dat is het dichtst bij. Dan kunnen Hugo en Ton hier onderzoek doen.'

'Denk je dat zij iets weet van Sylvia Oosterbaan?'

Van Opperdoes had geen idee. 'We gaan het haar straks vragen.'

Nadat Van Opperdoes Hugo en Ton op de hoogte had gebracht, lieten de twee rechercheurs Fleur overbrengen naar het bureau IJtunnel, met de mededeling dat zij er zo aan zouden komen.

'Dit maakt het onderzoek in het huis van Simons alweer een stuk lastiger, toch?'

'Het gaat niet om het huis,' zei Van Opperdoes geheimzinnig. Hij wenkte en ging de twee technisch rechercheurs voor naar de keuken, waar hij de sleutel pakte die naast de buitendeur hing.

'Hij had wel vertrouwen in haar...' zei Jacob. 'Dat hij de sleutel hier gewoon liet hangen.'

Van Opperdoes keek zijn collega aan. 'Vergeet niet wat voor invloed hij heeft op vrouwen. En waar hij toe in staat is als hij zijn zin niet krijgt. Dat heeft zij waarschijnlijk donders goed aangevoeld. Nee, zij is niet in de buurt van die sleutel geweest, geloof mij maar.'

Hugo en Ton werden steeds nieuwsgieriger. Van Opperdoes liep naar buiten en opende de schuur, waarna hij Ton en Hugo naar binnen liet gaan.

Die stonden vrijwel meteen doodstil en keken naar de tientallen foto's van Sylvia.

'Mijn god,' mompelde Hugo.

'Het lijkt wel een scène uit een film,' vond Ton.

'Gaan jullie hier mee aan de slag? Alles wat kan leiden naar een eventueel bewijs tegen Martin – als het hier in huis ligt – wil ik boven water hebben.'

'Reken maar,' antwoordde Hugo grimmig.

Fleur Jansen zat in de wachtruimte op het bureau IJtunnel. Van Opperdoes en Jacob namen haar mee naar de rechercheafdeling op de eerste verdieping, waar een verhoorkamer was.

'Wil je koffie?' vroeg Jacob toen ze langs de enorme koffieautomaat kwamen die daar op de gang stond.

'Nee, alsjeblieft zeg. Ik wil straks nog wel even slapen. Maar waar is Martin eigenlijk?'

'Water dan?' negeerde Jacob die vraag.

'Ja, een beetje water lust ik wel.'

Jacob drukte op wat cijfers van de automaat. Acht en twee, wist hij uit zijn hoofd. De beker vulde zich langzaam met koud water.

'Martin is opgepakt, Fleur,' zei Van Opperdoes ondertussen.

Met grote ogen keek ze hem aan. 'Waarvoor?'

'Zullen we dat hier binnen even bespreken?' Van Opperdoes deed de deur van de verhoorkamer open. Fleur ging zitten, de twee rechercheurs tegenover zich.

Haar stem klonk zacht. 'Waarvoor is hij opgepakt?'

'We verdenken hem van het mogelijk plegen van een misdrijf.'

'Wat voor misdrijf?' Het klonk zo mogelijk nog zachter.

'Het spijt me, maar dat kunnen we je niet vertellen.'

'Maar het is wel ernstig, hè?'

'Ja, dat is het wel.'

Fleur keek weg van de rechercheurs. 'Ik dacht het wel.'

'Waarom dacht je dat?' vroeg Jacob.

Ze haalde haar schouders op en zweeg. Van Opperdoes wachtte heel even. 'Je kent hem dus ongeveer twee maanden, ontmoet op een datingsite, en hij is heel aardig voor je.'

'Nou, best aardig.'

'Goed, best aardig. Heb je weleens iets vreemds aan hem gemerkt?'

'Hoezo vreemd?'

'In zijn gedrag?'

Ze haalde weer haar schouders op. 'Gewoon...'

'Wat bedoel je met "gewoon"?'

'Iedereen heeft wel rare dingen.'

'Maar wat bedoel je precies?'

'Hij kon weleens vreemd doen. Met kleren die ik aan moest. Dat wilde hij dan speciaal. Dus dat deed ik dan maar.'

'Waarom?'

'Wat bedoelt u?' vroeg ze aan Van Opperdoes.

'Waarom deed je dat dan?'

'Martin kon snel boos worden. Dat wilde ik liever niet. Dus dan deed ik het maar. Heeft het daarmee te maken?'

'Wat?'

'Waarom hij opgepakt is.'

Van Opperdoes knikte langzaam. 'Dat zou best kunnen.'

'Dat verbaast me dan niet.'

'Wanneer heb je hem voor het laatst gezien, Fleur?'

'Een paar dagen geleden. Toen zijn we uitgegaan. In de stad, naar een café op de gracht. Daarna is hij naar huis gegaan, alleen. Ik ook. En toen liep hij de andere kant op.'

'Niet naar huis?'

'Nee, ik weet niet waar hij naartoe ging. Ik vond het wel raar. Op de hoek heb ik gekeken, toen bleef hij staan, ergens naar kijken.'

'Waar was dat?'

'We waren in een café op de Prinsengracht. Daar om de hoek was het, waar hij bleef staan. Het duurde zo lang dat ik maar ben doorgelopen.'

Van Opperdoes leunde voorover. 'Zou het de Lauriergracht kunnen zijn geweest?'

'O, dat zou best kunnen. Ik kan al die namen van die grachten niet onthouden. De Prinsengracht weet ik dan nog wel, omdat het café daar was en we daar hadden afgesproken. Maar daaromheen ken ik ze niet hoor.'

Jacob leunde achterover. 'Maar zou je het herkennen als we je die plek zouden laten zien?'

'Ik weet het niet. Ze lijken allemaal zo op elkaar, hè?'

Er viel een stilte.

'Zegt de naam Sylvia jou iets?'

Met een schok keek ze omhoog. 'Wat is daarmee?'

'Ken je die naam?'

'Nou en of. Ik heb Martin wel eens gehoord, dat hij belde met iemand. Heel kwaad was hij dan. En dan noemde hij die naam, Sylvia. Ik ook kwaad, en vragen wat hij daarmee moest. Maar dat was niks, zei hij dan. Een ex van hem, die hem belazerd had. Poe, nou... dat moet heel wat geweest zijn, want hij werd behoorlijk emotioneel als hij het over haar had.'

Ze rilde even en keek wat hulpeloos om zich heen. 'Maar nu ik hier zit, krijg ik er eigenlijk een heel raar gevoel over allemaal.'

Van Opperdoes keek Jacob even aan. 'Ik kan er niet te veel over zeggen, Fleur.'

Met grote ogen zocht ze de blik van de oude rechercheur. 'Ik weet denk ik wel genoeg.'

Nadat ze Fleur naar haar eigen huis hadden gebracht, reden de twee rechercheurs naar de Blankenstraat.

Jacob kon er nog steeds niet bij en klonk bijna verontwaardigd. 'Hij heeft gewoon een vervangster gezocht. Een kloon van zijn verloren liefde... Hij gaf haar kleren, aanwijzingen voor haar kapsel en make-up. En ze had gewoon niet door wat voor spel hij speelde... en wat voor een gevaarlijke man hij was.'

Van Opperdoes knikte. 'Misschien zijn we voor haar wel net op tijd geweest.'

'Ik hoop het... Ik hoop echt dat ze niet ineens weer bij hem op de stoep staat omdat ze hem zielig vindt of zo.'

'Ik denk dat we wel duidelijk genoeg geweest zijn. Die blijft heel ver uit zijn buurt.'

Hij stopte bij de Blankenstraat, waarna ze naar binnen gingen bij de woning van Martin.

Hugo had alles fotografisch vastgelegd en daarna alle afbeeldingen van de muur gehaald. Ton was in de woning bezig en doorzocht systematisch alle kamers, op zoek naar verborgen plekken.

'Angstig precies opgeruimd allemaal hier, Van Opperdoes,' constateerde hij. 'Een psycholoog zou hier handenwrijvend en likkebaardend rondlopen.'

Van Opperdoes gaf hem gelijk. 'Dat gevoel kreeg ik ook. Maar heb je iets gevonden wat hem aan de misdrijven linkt?'

Ton schudde zijn hoofd. 'Als hij zo slim is als ik denk, dan vinden we ook niets.'

'Voor opruimen krijgt hij een tien met een griffel. Tjongejonge, de droom van iedere vrouw dit, zo'n man die alles opruimt,' zei Hugo.

'Ik denk eerder dat hij de nachtmerrie is van iedere vrouw,' besloot Van Opperdoes.

Hij maakte een laatste ronde door de woning, voordat ze weggingen. Hier woonde dus een psychopaat. Iemand die een vrouw stalkte en bedreigde. Nu was die vrouw dood, en degene waar ze een verhouding mee had ook. Martin Simons was waarschijnlijk heel slim, maar zijn manier van doen verraadde ook dat hij een rood waas kon krijgen. Het was mogelijk dat hij de moorden tijdens zo'n waas had gepleegd, en dat betekende dan ook dat hij fouten kon maken.

Ze waren goed opgezet, die moorden. De ene moord leek op een zelfmoord, de andere leek op een moord die door het eerste slachtoffer gepleegd was. Er was over nagedacht. Had Martin een waas voor de ogen gekregen? Of waren zijn emoties langzaamaan naar een kookpunt gegaan en had hij besloten dat hij van Sylvia en haar vriend Dennis af moest, omdat hij een vervangster had gevonden?

Van Opperdoes schudde zijn hoofd. Een vervangster zou voor hem nooit zo goed zijn als het origineel, op wie hij zo obsessief verliefd was. Hij had vaak op de Lauriergracht gestaan, ook 's nachts dus. Had hij iets gezien die nacht, waardoor hij van streek was geraakt? Had hij Dennis en Sylvia samen gezien, door het raam? Was er toen iets in hem geknapt?

Van Opperdoes liep naar buiten, waar Jacob op hem stond te wachten. Morgen zou hij al deze vragen aan Martin Simons kunnen stellen.

Hoofdstuk 16

Jacob legde zijn hand op de schouder van Van Opperdoes, nadat die bij de Raampoort was uitgestapt. 'Zal ik je naar huis brengen?'

Van Opperdoes schudde zijn hoofd. 'Even kijken of het goed is gegaan met Simons, en dan ga ik wandelen. Morgen weer een drukke dag.'

De twee rechercheurs staken de doodstille Marnixstraat over en liepen het bureau in. Achter de balie zat Ukkie.

'Hé, Ukkie,' groette Van Opperdoes de enorme agent vriendelijk.

Ukkie keek verbaasd op. 'Ik wist helemaal niet dat jullie dienst hadden? Weet je wel hoe laat het is?'

Van Opperdoes keek op de klok. 'Nu wel.'

'Die verdachte die binnen is gebracht, is van jullie dus?'

'Ja, heb je hem gezien?'

'Ik heb hem uitgekleed, samen met de technische recherche. Wat een idioot is die man.'

Van Opperdoes keek nieuwsgierig op. 'Wat dan?'

'Ik kreeg de kriebels van hem.'

Dat verraste Van Opperdoes inderdaad. Ukkie, die ongeveer twee meter lang en twee meter breed was, zou van niemand de kriebels krijgen.

'Hoezo de kriebels?'

'Hoe die man deed, hoe hij keek, en hoe hij niks zei.'

'Hij heeft niets gezegd?'

'Geen woord.' Ukkie stond op en wenkte. 'Kom kijken.'

Hij nam de twee rechercheurs mee naar de gang waar de cellen zich bevonden. Bij een van de deuren schoof hij het luikje open waardoor je naar binnen kon kijken. Normaal gesproken, zo midden in de nacht, lagen alle arrestanten op hun bed te slapen. Maar niet Martin Simons. Hij zat midden op zijn bed, rechtop, met zijn handen op zijn knieën. Hij keek strak vooruit, en reageerde niet op de rechercheurs en de agent, die hij ongetwijfeld gehoord moest hebben.

Ukkie sloot het luikje weer. 'Zo zit hij de hele nacht al. En ik weet wel waar ik de kriebels van kreeg. Zijn ogen. Volkomen doods. Geen enkel gevoel zit erin.'

Jacob deed het luikje nog een keer open en keek naar binnen. Nu keek Martin op naar Jacob, en hun ogen ontmoetten elkaar. Onwillekeurig deed Jacob een klein stapje achteruit.

'Zie je nou?' vroeg Ukkie.

Jacob sloot het luikje. 'Ik zie het.'

Van Opperdoes wuifde met zijn hand. 'Laat hem maar lekker zitten. Als hij niet wil slapen, dan is dat zijn probleem. Ik ga even een paar uur meepikken, en morgen is hij de eerste. Zorg dat hij niet ontsnapt, Ukkie.'

Ukkie schudde zijn hoofd. 'Ik kijk wel uit. Ik kom niet eens meer in de buurt van die deur.'

De oude rechercheur glimlachte en liep naar buiten.

'Zal ik je echt niet even thuis afzetten?' vroeg Jacob nogmaals.

'Nee, laat mij maar even lopen. Frisse neus halen. Ik kan toch nog niet slapen. Jij wel?'

'Ik denk dat ik al weg ben voordat mijn hoofd het kussen raakt. Al haal ik misschien nog wel even wat eten ergens.'

'Nu, op dit tijdstip?'

Jacob glimlachte. 'Dit is Amsterdam. Als je de adressen weet, kan je hier vierentwintig uur per dag ergens terecht...'

'Ik ga naar bed. Tot straks.'

Jacob reed weg en Van Opperdoes besloot over de Lijnbaansgracht naar huis te lopen. Martin Simons werd steeds meer iemand om serieus rekening mee te houden. Het stoorde hem alleen dat ze zowel in de hotelkamer, als in de woning van Simons niets aan sporen hadden aangetroffen. Dat hij geobsedeerd was, en psychisch niet helemaal zoals het hoort, stond wel vast.

Hij was blij dat ze gewacht hadden tot Fleur Jansen een vriendin had gebeld die naar haar toe zou komen, want ze begon steeds meer te beseffen aan wat voor mogelijk gevaar ze ontsnapt was. Het was niet goed geweest haar alleen thuis achter te laten.

Morgen moest hij Hugo en Ton even bellen. Nu er geen sporen bij Martin Simons waren gevonden, waren ze aangewezen op bewijs dat ergens anders vandaan moest komen. Misschien bij de plaatsen waar de moorden op Dennis en Sylvia gepleegd waren? Het wapen, misschien leidde dat nog ergens naar.

De oude rechercheur zuchtte toen hij de Westerstraat in liep. Er was nog veel te doen in dit onderzoek, en ze waren nog lang niet bij een 'ronde zaak', zoals ze dat noemden. Maar er waren grote stappen gezet. Hele grote stappen.

Bij café Papeneiland was alles donker. Nu hij erop lette, hoorde hij zelfs helemaal geen geluid meer in de Jordaan. Het was een van de zeldzame momenten waarop iedereen sliep.

Hij ging zijn huis op de Brouwersgracht in, en viel tien minuten later in een diepe slaap.

Jan Rozenbrand stond voor het bureau toen Van Opperdoes de volgende ochtend aan kwam lopen.

'Kom je ons verlossen van die gek?' vroeg hij.

'Gaat het niet goed?' wilde Van Opperdoes weten.

'Iedereen heeft het op z'n heupen door die vent. Er worden al vergelijkingen gemaakt met Hannibal Lecter.'

Van Opperdoes glimlachte. 'Voor zover wij weten heeft hij nog niemand opgegeten.'

'Nee, maar iedereen voelt dat hij er absoluut toe in staat zou zijn.'

'We gaan hem verhoren en dan zien we wel wat we met hem doen.'

'Ik zou een goeie psychiater bellen en hem voor de rest van zijn leven ergens opbergen in een gewatteerde kamer. Anders gaan we nog veel last krijgen van deze meneer.'

'Is er al een advocaat geweest?'

Jan Rozenbrand knikte. 'Die is net weg. Kortste gesprek tussen een advocaat en een cliënt dat ik ooit heb meegemaakt. Volgens mij was hij zo opgelucht dat hij het bureau letterlijk uitrende.'

Van Opperdoes liep glimlachend naar binnen. 'Overdrijven is ook een vak...'

Jacob zat achter zijn bureau, met een kop thee in zijn handen.

'Mogge, Jacob. Goed geslapen?'

Jacob zette zijn thee neer. 'Nee.'

'Waarom niet?'

'Omdat ik de hele tijd de ogen van Martin Simons voor me zag. Die man keek, hoe moet ik dat zeggen: recht in mijn ziel.'

'Onzin,' bromde Van Opperdoes. 'Dat maak je er zelf van, door al die verhalen.'

'Jij hebt hem niet aangekeken.'

Van Opperdoes draaide zich om. 'Dat ga ik dan nu doen. Kom, we gaan hem verhoren.'

Bij de balie stond IJsselstein hen op te wachten. Hij had de fouilleringszak van Simons voor zich liggen en bekeek de telefoon die erin zat.

'Mogge, IJsselstein. Nog nieuws? Goed werk trouwens, met die telefoon.'

'Ik word altijd wel belachelijk gemaakt door jullie, met mijn plekje op zolder, maar soms heb je toch nog wel wat aan me.'

Van Opperdoes klopte IJsselstein goedkeurend op de rug. 'Wij hebben altijd heel veel aan je. Wat ben je nu aan het doen?'

'In het weekend kon ik niet alle gegevens krijgen die ik nodig had. Nu wel, nu werken al die lui weer op de maandagochtend. Dus nu wil ik weten waar deze telefoon allemaal geweest is. Het zegt niks, het is geen bewijs dat Martin Simons dan ook daadwerkelijk daar geweest is, maar ik kan de gegevens krijgen waar de telefoon heeft uitgepeild.'

'En dan het liefst zaterdagochtend vroeg, rond het tijdstip van de moorden,' zei Jacob enthousiast.

IJsselstein keek hem aan, met een lichte zweem van medelijden. 'Natuurlijk rond dat tijdstip. Wat dacht je dan?' Hij liep hoofdschuddend weg. 'Tjongejongejonge...' Toen stond hij even stil en draaide zich om. 'O ja, en die banden van het tankstation, die heb ik nog uitgebreid bekeken. Je ziet af en toe wel een auto rijden, maar veel te ver weg. En het is te donker. Geen herkenning mogelijk, hoe ik de beelden ook probeer op te peppen. Daar heb je niks aan. Sorry.'

'Goed,' zei Van Opperdoes, 'we hebben het geprobeerd. Dank je.'

IJsselstein knikte en Van Opperdoes ging Jacob voor naar de cellengang. 'Kom, aan de slag.'

De deur zwaaide open en Martin Simons bleek nog steeds in dezelfde houding in zijn cel te zitten. Simons keek Jacob aan, maar reageerde verder niet op zijn aanwezigheid in de cel.

'Gaat u mee, meneer Simons?' vroeg Van Opperdoes.

Een bijna onmerkbare knik was het antwoord, waarna hij opstond. Simons ging bedachtzaam op de stoel in de verhoorkamer zitten, terwijl de twee rechercheurs tegenover hem in de kale ruimte plaatsnamen. Dit moet hij wel kunnen waarderen, dacht Van Opperdoes. Helemaal wit, en niets erin. Bijna net zoals in zijn huis. Alles op een vaste plek.

'Zo, meneer Simons.'

'U mag wel Martin zeggen, hoor,' sprak Simons. Het was de eerste keer dat ze zijn stem hoorden. Die klonk zacht en beschaafd, bijna vriendelijk zelfs.

'Goed, Martin, heb je enig idee waarom we je hebben opgepakt?'

'Omdat Sylvia dood is, en u denkt dat ik dat gedaan heb.'

Het kwam er snel uit, bijna fluisterend en achteloos in één ademzucht. Van Opperdoes had het niet verwacht. Negen van de tien keer zou een verdachte als antwoord op die standaardvraag zeggen dat hij geen idee had waarom hij was meegenomen. Om daar dan op te laten volgen dat hij heel benieuwd is waarom hij is opgepakt, en dat hij zich toch echt niet kan herinneren dat hij iets verkeerds heeft gedaan.

'Daar zit iets in, Martin.'

'Ja, dat dacht ik al.'

'Is dat de reden dat je vluchtte?'

'Dat is de reden dat ik vluchtte.'

'Is de reden dat je vluchtte ook dat je Sylvia daadwerkelijk vermoord hebt?'

'Nee. Ik wist dat jullie zouden denken dat ik het gedaan had. Dat wilde ik niet. Of eigenlijk...'

Hij keek Van Opperdoes nu aan, nog steeds met ijskoude blik. '... of eigenlijk wist ik precies dat dit zou gaan gebeuren. Sylvia heeft altijd veel onzin aan de politie verteld. Het is niet zo vreemd dat jullie denken dat ik er iets mee te maken heb.'

'Waarom ben jij uit Amsterdam weggegaan? Je hebt een huis in de Blankenstraat. Waarom ben je zaterdagochtend overhaast naar Naarden gegaan, en in een hotel gaan zitten?' vroeg Van Opperdoes.

'Mag dat niet?'

'Natuurlijk mag dat. Maar je kan je voorstellen dat zulk gedrag, met de verhalen van Sylvia, bij ons natuurlijk vraagtekens oproept. Op z'n minst.'

'Ik begrijp dat nu. Dat was niet mijn bedoeling. Ik snap dat ik hier zit, maar ik zou hier liever niet zitten.'

'Wat was jouw obsessie met Sylvia?' vroeg Jacob.

Martin fronste nu flink en keek Jacob aan met ogen waarin iets van kwaadheid boven kwam drijven. 'Obsessie?'

'Mag ik het niet zo noemen? Iemand duizenden keren bellen en sms'en? Iemand bedreigen met de dood, als ze niet zou terugkomen bij je?'

Martin zweeg lange tijd.

Van Opperdoes probeerde hem tegemoet te komen. 'Het woord obsessie stuit je tegen de borst, merk ik. Hoe zouden we het beter kunnen omschrijven? Fascinatie?'

Martin schudde zijn hoofd. 'Wat dacht u van liefde?'

'Liefde die van één kant kwam.'

'Zij hield ook van mij, meneer. Sylvia en ik waren gemaakt voor elkaar. Het was tijdelijk, dat we uit elkaar waren. Mensen die voor elkaar gemaakt zijn, trekken elkaar aan, als magneten. Onweerstaanbaar.'

'Ik denk toch dat ik het een obsessie noem. Een gevaarlijke obsessie.'

'Dat mag u vinden.'

'Ik denk dat er veel meer mensen zijn die dat zullen zeggen.'

'Op basis van wat, als ik vragen mag?

'Uw schuur, bijvoorbeeld.'

Nu zweeg Martin Simons. Zijn ogen vernauwden zich, en zijn stem werd scherper toen hij weer begon te praten. 'Mensen hangen ook foto's van popsterren op. Van idolen. Zij was mijn muze, mijn idool. Ik adoreer haar. Daar is niets mis mee.'

Van Opperdoes kreeg wat hij wilde. Er kwam even een iets

andere Martin Simons tevoorschijn.'U wist dat zij iets met iemand anders had?'

'Het was mij bekend dat ze weleens bij iemand was. Maar dat zegt niets, moet ik daar meteen aan toevoegen. Haar ware liefde, dat was ik. Nog steeds.'

'Wie was die iemand anders?'

'Dat was haar onderbuurman, Dennis Koster.'

Van Opperdoes trok zijn wenkbrauwen op. 'U weet hoe hij heet?'

'Natuurlijk.'

Martin Simons ging daar verder niet op in.

'Hoe weet u dat?' vroeg Jacob.

'Dat is niet zo moeilijk. Ik wil... ik wilde graag weten in wiens gezelschap Sylvia verkeerde als ze niet bij mij was.'

'U weet dat Dennis Koster ook dood is?'

Nu was er voor het eerst iets van twijfel in de ogen van Martin Simons zichtbaar. Tot dan toe had hij doodstil op zijn stoel gezeten, met zijn armen uitgestrekt voor zich op tafel. Maar nu schoof hij iets naar achteren in zijn stoel, en ging hij rechtop zitten.

'Ik heb zoiets gehoord, ja.'

Nu was het de beurt aan Jacob om verrast te zijn. De moord op Dennis Koster was nog niet in het nieuws geweest. Hoe kon Martin weten dat ook hij dood was?

'Hoe weet jij dat Dennis dood is?'

'Gehoord. Dat zei ik net.'

'Van wie?' vroeg Van Opperdoes.

'Dat maakt niet uit.'

'Dat maakt ons misschien wel uit.'

Martin stond plotseling op. Het ging zo abrupt dat zowel Van Opperdoes als Jacob iets achteruit deinsden.

'Ik stop met dit gesprek. Wilt u mij terugbrengen naar mijn cel?'

‘Misschien kan je beter nog even gaan zitten, Martin. We willen graag nog even verder praten over Sylvia.’

‘Sylvia is dood. Hoe lang we er ook over praten, daar verandert niets aan. Ze komt niet terug. Het “hoe” van haar dood is daarmee totaal irrelevant.’

‘Misschien voor jou, Martin. Niet voor ons.’

‘Maar...’ Martin boog zich voorover, ‘... met alle respect. Ik heb echt helemaal niets met jullie te maken. Jullie zijn miezerige mannetjes die jullie mening al klaar hebben en dus ben ik klaar met jullie. En breng me nu terug naar mijn cel.’

Hoofdstuk 17

Peter van Opperdoes sloot de celdeur achter Martin Simons en liep terug naar de ruimte achter de balie.

Jan Rozenbrand keek hem vragend aan. 'En?'

Van Opperdoes haalde zijn schouders op. 'Ik heb geloof ik alleen maar meer vragen dan antwoorden gekregen.'

'Spoort niet, hè?'

'Nee, maar zoiets dachten we al. Je had zijn huis moeten zien. Alsof het een filmset was.'

'Ze bestaan dus echt,' zei Rozenbrand.

'Ja, ze bestaan.'

'Zeg, ik wilde je niet storen omdat je in verhoor zat, maar er is hier iemand voor je.' Hij wees naar de ingang, waar een oudere vrouw op het bankje zat. Ze keek nieuwsgierig naar de balie, waarschijnlijk in de hoop een glimp op te vangen van wat daar achter gebeurde.

Van Opperdoes liep snel naar haar toe. 'Mevrouw Koster?'

Ze stond op, omklemde haar handtasje en keek de oude rechercheur enigszins hulpeloos aan.

Van Opperdoes schudde haar de hand. 'Kan ik iets voor u doen?'

Ze haalde haar schouders op. 'Ik wilde u eigenlijk alleen maar even spreken.'

Hij gebaarde uitnodigend naar de deur die naar de hal leidde, maar wilde het haar eigenlijk niet aandoen de grote trap op te lopen. 'Laten we hier maar gaan zitten. Ik haal mijn collega even. Wilt u koffie?'

Ze schudde haar hoofd.

Van Opperdoes liep snel de trap op, waar Jacob alweer achter de computer zat om het verhoor met Martin Simons uit te werken.

'Mevrouw Koster is beneden.'

'Wat komt die doen?'

'Praten, zei ze.'

'Komt ze vertellen wie de dader is?'

Van Opperdoes glimlachte. 'Die indruk heb ik niet. Maar je weet nooit.'

Jacob liet dat even een seconde indalen en haalde toen zijn schouders op. 'Laten we dan maar gaan luisteren...'

Mevrouw Koster keek hoopvol op toen de rechercheurs binnenkwamen.

'Dag, mevrouw Koster,' zei Jacob terwijl hij haar hand schudde.

'Dag, jongeman.'

De twee rechercheurs gingen zitten, mevrouw Koster legde haar tasje op tafel.

'Wat kunnen we voor u doen?'

'Heeft u hem al?'

'Wie bedoelt u?'

'De moordenaar van Dennis.'

Van Opperdoes keek Jacob even aan. 'Mevrouw Koster, u moet me geloven als ik zeg dat we er alles aan doen om de moordenaar te pakken.'

'Maar u weet toch wie het is?'

'Wie dan?

'Dat heb ik u verteld. Hij had ruzie in de gevangenis.'

'Dat klopt, dat heeft u ons verteld. Over de verhalen die hij had, en dat u dacht dat hij ruzie had met een grote jongen in de gevangenis.'

'Dat, ja. Zo moeilijk moet het dan toch niet zijn?'

'We hebben al een aantal mensen gesproken, mevrouw Koster. Echt, we zijn er heel hard mee bezig.'

'En diegene waar hij ruzie mee had?'

'We hebben ook gedetineerden gesproken. Ik weet niet of u het over dezelfde heeft. U wist geen naam, toch?'

'Nee, ik weet geen naam.' Ze klonk bijna bedroefd, nu ze niet in staat was om de rechercheurs hier verder mee te helpen. 'Maar hij was sowieso niet blij. Niet meer.'

'En hoe kwam dat dan?'

'U moet begrijpen dat ik nogal geschrokken was, toen u bij mij langs was geweest. Daarna heb ik alleen maar tijd gehad om verdriet te hebben, en na te denken. Kijk...' Ze deed haar tasje open en haalde er een aantal foto's uit. Het waren een paar jeugdfoto's van Dennis. Dennis in zijn jongenskamer, een andere foto waarop hij wat ouder is, en dan een paar foto's van Dennis die met een grote glimlach aan het verven is in zijn huis op de Lauriergracht, en nog een waar hij in zijn nieuw ingerichte huis zit.

Van Opperdoes keek er met interesse naar. 'Mag ik deze even kopiëren?'

'Wilt u dat?'

'Graag.'

Ze veegde de foto's bij elkaar en gaf ze aan Van Opperdoes, die ze meenam naar de gang waar het kopieerapparaat stond. Hij bekeek de foto's nog eens, terwijl hij ergens zijn vinger op probeerde te leggen. Iets viel hem op, maar hij wist nog niet wat dat precies was.

Hij ging de verhoorkamer weer in en gaf mevrouw Koster de foto's terug. 'Dank u wel.'

Zorgvuldig stopte ze de foto's weer in haar tasje.

'Mevrouw Koster...' vervolgde Van Opperdoes. 'U moet begrijpen dat wij niet alles wat we doen met u kunnen delen. Met wie wij praten, of wat voor resultaten we hebben geboekt. Maar ik wil graag met u afspreken dat u de eerste bent die wij informeren zodra wij nieuwe feiten hebben. Is dat goed?'

Ze knikte dankbaar. 'Ik vond het al heel naar om te merken dat hij niet lekker in zijn vel zat de laatste maanden. Maar hij wou er niet over praten. Ik weet zeker dat het met zijn werk te maken had. Ik weet het zeker.'

'We nemen alles mee in het onderzoek, dus dit ook.'

'Dank u wel.'

Jacob begeleidde haar naar de uitgang, terwijl Van Opperdoes lang in de verhoorkamer bleef zitten. Hoe ze over hem sprak, en de foto's waarop Dennis lachend en vrolijk had gestaan... Het had hem meer aangegrepen dan hij had verwacht.

Jacob kwam terug. 'Ga je mee?'

Van Opperdoes stond langzaam op. 'Dat Dennis zich niet lekker voelde de laatste maanden, dat had niets met Martin Simons te maken.'

'Nee. Met z'n werk. Met Barry Jonker.'

Van Opperdoes liep peinzend naar boven. Was dat zo: met Barry Jonker?

In de recherchekamer wachtte commissaris Van Straaten de twee rechercheurs op. 'Heren. Goedemorgen. Ik heb een probleem.'

'Mogge, chef. En dat is?' vroeg Van Opperdoes.

'Er zit iemand in de cel beneden, die daar niet thuishoort.'

Van Opperdoes keek verbaasd. 'Hij is anders een serieuze verdachte.'

Van Straaten maakte een gebaar met zijn hand. 'Dat zeg ik toch ook niet? Ik heb het hele dossier gelezen, en de foto's gezien van de schuur van die man. Het is een gevaarlijke gek. Maar omdat hij zo overduidelijk gek is, kunnen we niet anders dan er een psychiater naar laten kijken. Ik vrees namelijk dat hij hier niet echt op z'n plek zit.'

'Dat ben ik wel met je eens.'

'Hij is gevlucht toen jullie hem wilden aanhouden in het hotel vannacht. Heeft het onderzoek verder nog iets opgeleverd? In de woning? In het hotel?' Van Straaten liet de bladzijden van het proces-verbaal door zijn vingers glijden.

'Nog niet,' gaf Van Opperdoes toe.

Van Straaten zat duidelijk in dubio. 'En het verhoor?'

'Er was niet echt sprake van een verhoor. Hij wist dat we hem zochten voor de moord, daarom was hij gevlucht, zegt hij. Maar aan de andere kant...' Hij aarzelde even. 'Hij leek... hij reageerde vreemd op het feit dat Dennis Koster vermoord was.'

'Wist hij dat niet?' wilde Van Straaten weten.

'Of hij wist het niet, of hij ging er zonder meer van uit dat wij zouden denken dat Koster zelfmoord gepleegd had. Dus zijn reactie, daar kunnen we niet eens iets mee. Hooguit op een stapeltje leggen van dingen die hem verdacht maken.'

'Verdacht is hij wel, en gek ook. Maar gek genoeg om een dubbele moord te plegen?'

Van Opperdoes zakte neer in zijn stoel. 'Hij is uitermate intelligent. Heeft een psychische afwijking. Gaat soms door het lint. Als hij een moord zou plegen, zou het of in een vlaag van woede zijn, of het zou perfect voorbereid zijn.'

'Dat laatste klopt toch? Wij moesten geloven dat Dennis Koster zelfmoord gepleegd had, nadat hij Sylvia Oosterbaan vermoord had,' vatte Van Straaten samen.

Dat kon niemand ontkennen. Er viel een stilte, waarin ieder het zijne dacht.

'En nu?' vroeg Van Opperdoes uiteindelijk.

'Wil je hem nog verhoren?' vroeg Van Straaten.

'Als we daar een aanleiding voor hebben.'

Van Straaten stond op. 'Ik laat hem overbrengen naar het hoofdbureau. Die zijn daar beter op ingesteld. Ik merk dat iedereen beneden een beetje nerveus begint te worden van die man. Niet dat ze hem niet aankunnen, maar hij is onvoorspelbaar. Hou me op de hoogte van alles wat jullie vinden. Als het niet meer wordt dan dit, dan vrees ik dat geen officier hem vast gaat houden.'

'Tenzij hij wordt opgenomen in een psychiatrische instelling...' Van Opperdoes begreep plotseling de insteek van Van Straaten.

'Precies. Dan is hij van de straat tenminste. We hebben die aangifte van bedreiging en stalking toch nog? Het slachtoffer is overleden, maar dat maakt die zaken alleen maar sterker. Het klinkt wat hard, maar zo kijkt de officier er wel naar.'

'Mag ik even?' klonk het uit de gang. Drie hoofden draaiden zich om, en zagen IJsselstein staan. Hij hield een uitdraai omhoog. 'Martin Simons' telefoon is zaterdagochtend op de Lauriergracht uitgepeild.'

Iedereen veerde omhoog. 'Hoe laat?' vroeg Van Opperdoes.

'Nadat de moord was ontdekt.'

Dit moesten ze even tot zich laten doordringen. 'Sorry?' vroeg Jacob.

'Hij was eerst in de Blankenstraat, thuis. Dan peilt hij uit via de Sarphatistraat, Weteringschans... om uiteindelijk op de Lauriergracht uit te komen. Toen wij er al waren. Voor die tijd was hij dus op de Blankenstraat.'

'Maar dan...' Van Opperdoes keek Jacob aan. 'Dan heeft hij het onderzoek gezien. En de technische recherche, misschien de schouwarts.'

Jacob knikte. 'En daar is hij van geschrokken. Hij wist meteen dat we hem zouden gaan verdenken en is in paniek gevlucht.'

Van Opperdoes stond op en liep snel naar beneden. Hij pakte de celsleutel bij de balie vandaan en liep naar de cel van Martin Simons. Hij trok met een ruk de deur open en stapte op Martin af, die in zijn gebruikelijke houding op het bed zat. Doordat Van Opperdoes niet geïmponeerd was en direct doorliep tot vlak bij Simons, deinsde deze achteruit op het matras.

'Jij hebt de moorden niet gepleegd.'

Martin Simons, verward, schudde zijn hoofd.

'Waarom heb je dat niet gezegd?'

'Had u me geloofd dan?'

Daar zat wat in, dacht Van Opperdoes. 'Maar hoe wist je dat Dennis Koster dood was?'

'Ik was op de gracht. Ik kom daar heel vaak. Kijken of ik Sylvia kon zien. Maar ik zag alleen politie. Dus toen wist ik dat er iets met haar gebeurd was, en wist ik ook dat ik de eerste verdachte zou zijn. Ik hoorde twee agenten tegen elkaar praten, die zeiden dat er nog een lijk was gevonden. Een man, die hier woonde. Toen wist ik genoeg. Het zou een kwestie van uren zijn voordat jullie bij mij op de stoep zouden staan. Dus ben ik gevlucht, in paniek. Ik heb nog getwijfeld of ik het misschien toch wel gedaan had, maar ik denk echt dat ik haar niet heb vermoord. En hem ook niet.'

Van Opperdoes was door die laatste twee zinnen in verwarring gebracht. Wat bedoelde hij daar nu weer mee? Hij sloot de deur en liep naar Jacob, die met Van Straaten bij de balie stond te wachten. Hij zuchtte. 'Laat die psychiater maar komen. Tot die tijd maar in een speciale cel in het hoofdbureau.'

Van Straaten liep naar Jan Rozenbrand toe, die met de GGD belde om een psychiater te laten komen voor een eerste onderzoek. Daarna belde Rozenbrand met het hoofdbureau of de speciale observatiecel beschikbaar was. Ze wilden met Martin Simons nu geen risico nemen. Ook niet met het oog op een eventuele zelfmoord.

'Bel zijn advocaat ook maar, Jan. Licht hem maar in. Ik denk dat die er wel blij mee is.'

'Blijft hij nog wel ingeschreven als verdachte voor die dubbele moord?'

Van Opperdoes peinsde. 'Doe maar wel. En zet er "stalking"

en “bedreiging” bij. Als de moorden afvallen, hebben we dat nog achter de hand om hem vast te houden.’

‘Precies...’ viel Van Straaten hem bij. ‘“Als het niet voor poepen is, dan is het maar voor piesen,” zeiden we vroeger op de Warmoesstraat, nietwaar Van Opperdoes?’

‘Dat klopt, ja,’ glimlachte Van Opperdoes bij de herinnering. Het was inderdaad een oude uitdrukking die ze daar gebruikten. Beter twee verdenkingen dan één.

‘“Dubbel gestikt houdt beter,” dat was er nog zo een...’ mijmerde Van Straaten. ‘Mooie ouwe tijd. Nou ja, wat doen we met hem? Blijft hij jouw verdachte, of niet?’

Van Opperdoes hield de uitdraai van IJsselstein omhoog. ‘Voorlopig pleit dit hem vrij. Een beetje advocaat toont hiermee aan dat hij er niet was. En voor het feit dat hij van de moord op Dennis Koster wist, heeft hij een aannemelijke verklaring.’

‘Ik hoorde het,’ mompelde Van Straaten. ‘Helaas zou dat kunnen. Er wordt veel gekletst op straat. Soms te veel.’ Hij maakte een licht geïrriteerde indruk. ‘Jammer. Laat hem overbrengen en ga door. Hou me op de hoogte.’

Van Opperdoes keek Jacob aan en zuchtte.

Hoofdstuk 18

Peter van Opperdoes stond voor het raam van de recherchekamer. Je kon merken dat het maandag was, want het was druk buiten. Trams slingerden ratelend door de Marnixstraat, vechtend met de bussen om een plek op de weg. Fietsers trokken zich nergens iets van aan en schoten overal tussendoor. Het was een soort anarchie die hij wel kon waarderen, als mensen zich tenminste niet zo egoïstisch gedroegen. Een milde soort anarchie was wel goed, maar het arrogant opeisen van je plek, of maar doen wat je zelf goeddunkte, kon hij een stuk minder waarderen. Terwijl hij de drukte in zich opnam, waren zijn gedachten met iets anders bezig.

Martin Simons was overgebracht naar het hoofdbureau, waar hij onderzocht zou worden door een psychiater. De uitdraai van de telefoongegevens lieten zien dat zijn telefoon wel op de plaats van de moord was geweest, maar pas nádat de moord ontdekt was.

Mevrouw Koster zei dat haar zoons gedrag twee maanden geleden veranderde. Hij had ruzie met iemand in de gevangenis, zei ze. Zou Barry Jonker dan toch...?

'Jacob?' vroeg Van Opperdoes.

'Ja?'

'Wij hebben een uitdraai gekregen van de gedetineerden in de Havenstraat, toch?'

Jacob rommelde in het dossier en haalde de uitdraai eruit. 'Nee, nog niet. Dit is alleen de personeelslijst. Van Milligen zou de administratie vragen naar een lijst van gedetineerden, want die had hij zelf niet.'

Van Opperdoes greep zijn jas. 'We gaan die lijst halen.'

Henk van Millegen kwam gehaast zijn kamer in de Havenstraat ingelopen. 'Ik heb het even nagevraagd. Ze zijn hem nu aan het maken. Bleek toch nog iets meer werk dan gedacht.'

'Ach, misschien kunt u nog iets vragen?' informeerde Van Opperdoes.

'Natuurlijk. Maakt u overigens al enige vorderingen in het onderzoek?'

'Er zit een verdachte vast.'

Van Millegen keek hen blij verrast aan. 'Werkelijk? O, dat is goed om te horen. Dat zal een hoop onrust onder het personeel wegnemen.'

'We weten alleen nog niet of we de goede verdachte hebben. Ik bedoel daarmee dat hij wel een verdachte is, maar dat we nog niet zeker weten of hij ook de dader is. Ik moet u dan ook dringend verzoeken dit nog even voor u te houden.'

'Ja, natuurlijk. Dat spreekt vanzelf.' Er viel een stilte, die uiteindelijk door Van Millegen werd doorbroken. 'U wilde nog iets vragen, geloof ik.'

'Dat klopt. Ik wilde graag ook in de lijst opgenomen hebben wie er de afgelopen... zeg, drie maanden hier is geweest. Zowel het personeel als de gedetineerden.'

'Dat is nogal wat.'

'Werkelijk waar? Is dat zoveel werk, met al die computers tegenwoordig? Ik wil het anders zelf ook wel even vragen hoor, bij de administratie?' Van Opperdoes deed alsof hij op wilde staan.

'Nee, dat is niet nodig, natuurlijk niet. Ik snap alleen niet zo goed waarom u dat nodig heeft.'

'Meneer Van Millegen. U kwam zelf met de naam Barry Jonker als mogelijke dader. En nu wilt u dat we ons helemaal niet meer met de Havenstraat bemoeien?'

'Nee, natuurlijk niet. Ik wil alleen niet... U heeft gelijk. Ik heb dat wel gezegd, maar tegelijkertijd wil ik de onrust een beetje weghouden bij het personeel, snapt u? Het klinkt misschien wat cru, maar als blijkt dat het overlijden van Dennis niets met de gevangenis of met een ex-gedetineerde te maken heeft, dan zou dat heel veel rust geven.'

Van Opperdoes knikte begrijpend. 'Dat kan ik me goed voorstellen. Dus zullen we ook ons best doen te bewijzen dat de moord niets met de Havenstraat te maken heeft. Of juist wel. Dan is er in ieder geval duidelijkheid en dan kunt u intern uw communicatie daar op afstemmen.'

'Dat stel ik op prijs,' glimlachte Van Millegen. 'Excuseer me dan even.'

Hij liep weer weg. Van Opperdoes keek naar Jacob, die ook leek te vinden dat deze man zich een beetje vreemd gedroeg.

Vijf minuten later kwam Van Millegen terug met een aantal A4-tjes. 'Hier heb ik het. Het was inderdaad niet al te moeilijk. Kan ik verder nog iets voor u doen?'

Van Opperdoes nam de uitdraaien met een glimlach in ontvangst. 'Ik denk dat we er zo wel zijn.'

Jacob reed weg bij de Havenstraat en draaide vanaf de rotonde niet de Amstelveenseweg op, maar nam een afslag eerder, naar de De Lairessestraat. 'Zo. Niet weer dezelfde weg.'

Van Opperdoes moest lachen. 'Vooruit dan maar. Dit is ook een mooie weg. Tijd niet gereden trouwens.'

Het was een mooie brede straat die uitkwam op het Museumplein.

'Hier linksaf en dan bij de volgende rechtsaf,' drong Van Opperdoes aan.

Jacob protesteerde. 'Dat kan niet. We rijden dan langs de musea, en daar mogen alleen de tram en de bus verder. De Museumstraat is afgesloten voor verkeer van deze kant.'

'Zijn wij nou van de politie, of niet?' zei Van Opperdoes quasi-verontwaardigd.

Jacob glimlachte en reed de Van Baerlestraat in. Van Opperdoes keek met interesse naar de nieuwe uitbouw van het Stedelijk Museum. 'Ik snap dat ze het de badkuip noemen...' mompelde hij.

Jacob sloeg rechtsaf bij de Paulus Potterstraat, en op het eind reed hij de trambaan op, nadat hij een plastic bordje met het opschrift 'politie' achter de voorruit had gelegd. Van Opperdoes keek hoofdschuddend de PC Hooftstraat in, waar opgedirkte vrouwen uit veel te dure auto's stapten met veel te kleine hondjes in hun armen.

'Ze moeten allemaal aan een soort code voldoen, volgens mij, willen ze er hier bij horen. Vreselijk. Rij maar gauw door.'

'Raampoort?'

'Ga maar naar het hoofdbureau.'

Jacob parkeerde bij de publieksingang. Hij zwaaide met zijn legitimatiebewijs en zei vriendelijk goedemorgen tegen de portiers die er zaten, die vervolgens de binnendeur voor de twee rechercheurs open klikten.

'Waar wil je naartoe?'

'De derde,' gaf Van Opperdoes aan. 'Kantine.'

Ze namen de lift, en liepen de lange gang door naar de kantine van het HB.

'Vroeger zat hier een sportzaal, wist je dat? Hier gingen we nog wel eens voetballen. En er werd sportles gegeven.'

Jacob keek de kantine rond. Het was inderdaad een erg hoge ruimte, maar hij kon zich van een sportzaal hier geen voorstelling maken.

'Alles verandert, Jacob. Hier recht beneden, bij de straat, was een kleine zij-ingang. Vroeger moest er elke dag een agent van bureau Lijnbaansgracht hier naartoe wandelen om zijn dienst te draaien in het hokje hier beneden, omdat er wel eens een burger kon langskomen met vragen of problemen. Posthuis HB heette het. Er lag een stapel met tijdschriften, omdat het doodsaai was om een hele avond of nacht niets te doen. Aan de muur hing een speakertje zodat je naar de radio kon luisteren. Je kon wel drie zenders opzoeken, volgens mij. En als je de deur door ging kwam je bij de afdeling autodiefstallen. Ach, mooie herinneringen.'

'Heel mooi, maar waarom wilde je nou hiernaartoe?'

Van Opperdoes legde de uitdraaien van Van Millegen voor zich neer en bestudeerde ze.

'Kon je dat niet op de Raampoort doen?' vroeg Jacob.

'Jazeker wel, maar ik wilde even hier in de buurt zijn. Bel jij eens met de cellenaccomodatie, of de psychiater er al is?'

Jacob snapte het nu, en belde.

Van Opperdoes gleed met zijn vinger langs alle namen en data van de gedetineerden op de lijst. Hij nam een ruime twee maanden aan gegevens door, maar er viel hem niets speciaals op.

Daarna zocht hij naar de naam van Barry Jonker en keek hij wanneer Jonker in de Havenstraat was gekomen. Dat was vier weken geleden. Van Opperdoes keek op. Vreemd. Als mevrouw Koster zei dat Dennis twee maanden geleden begon te veranderen, en dat de oorzaak daarvan in zijn werk lag, dan moet er rond die periode iets veranderd zijn. En Barry Jonker was pas vier weken geleden in de Havenstraat geplaatst. De oude rechercheur pakte de andere lijst erbij, waar al het personeel op stond. Hij gleed ook hier met zijn vinger langs de lijst data, maar kon niets vreemds vinden. Toen bekeek hij tot tweemaal toe de lijst met namen. Hij miste er een.

'Havenstraat, administratie,' werd er opgenomen in de gevangenis.

'Met Van Opperdoes, recherche.' Hij sprak met zijn zwaarste stem, om zo indrukwekkend mogelijk te klinken.

'Meneer Van Opperdoes, wat kan ik voor u doen?' De damesstem klonk vriendelijk.

'Ik heb een lijst gekregen van uw personeel, in verband met een onderzoek. Weet u daar misschien iets van?'

'Jazeker, ik heb hem zelf geprint voor de onderdirecteur.'

'Ah, dat is mooi. Ik denk dat er een foutje is gemaakt. Wij hebben met iemand gesproken die bij u werkt, maar de naam ontbreekt op de lijst.'

Het bleef stil aan de andere kant.

'Hallo?' vroeg Van Opperdoes.

'Ja?' klonk het aarzelend.

'Ik zei dat ik dacht dat er een foutje is gemaakt. Ik mis iemand.'

Nu werd de damesstem nog onzekerder. 'Mevrouw Lysette van Beek hoefde van meneer Van Millegen niet op de lijst.'

'En waarom niet?'

'Misschien kunt u dat beter aan meneer Van Millegen vragen.'

'Ik vraag het aan u, mevrouw,' zei Van Opperdoes vriendelijk.

'Ik wil niet roddelen.'

'Over wie niet, mevrouw?'

'Over meneer Van Millegen en mevrouw Van Beek.'

Nu was het de beurt aan Van Opperdoes om stil te vallen. Hij moest dit even verwerken.

'Hallo?' vroeg de vrouw van de administratie.

'Ik ben er nog. Ik zal er verder niet naar vragen, mevrouw. Kunt u me wel zeggen wanneer Lysette van Beek in de Havenstraat is komen werken?'

'Jazeker...' Er volgde een korte stilte waarin wat typegeluiden te horen waren. 'Dat is op twee dagen na precies twee maanden geleden, meneer Van Opperdoes.'

'Dank u zeer. U heeft me erg geholpen.'

Jacob kwam terug van de gang, waar hij gebeld had met het cellencomplex.

'Wat zie jij eruit? Heb je een spook gezien of zo?'

Van Opperdoes schudde zijn hoofd. 'Lysette van Beek is degene door wie Dennis Koster zo veranderde. Zij is twee maanden geleden begonnen in de Havenstraat. Bovendien heeft zij iets met Van Millegen.'

Jacobs mond zakte een klein stukje open. 'En daar ben jij achter gekomen in die vijf minuten dat ik op de gang stond?'

Van Opperdoes veegde de uitdraaien bij elkaar. 'Daar ben je nou rechercheur voor. Snel handelen. Combineren en deduceren, zei Sherlock Holmes al. Misschien trek ik nu iets te snel een conclusie uit wat die aardige dame van de Havenstraat vertelde, maar ze zei dat ze niet wilde roddelen over meneer Van Millegen en mevrouw Van Beek.'

'Tja, dan weet je al genoeg inderdaad. Dus wat wil je nu doen?'

'Lysette van Beek probeerde weg te rijden, vlak voordat wij er waren. Zullen we wedden dat Van Millegen haar gebeld heeft, toen wij weg reden van de Havenstraat?'

'Maar waarom reed ze dan weg? Om te vluchten?'

Van Opperdoes sloeg met zijn hand op zijn voorhoofd. 'Natuurlijk niet, dat had geen zin. We wisten haar naam en adres. De enige reden dat ze snel weg wilde, was om iets uit haar huis weg te brengen.'

'En dat lag natuurlijk in haar auto. Waar we niet in gekeken hebben...'

'Natuurlijk niet. Daar was toch geen reden voor?'

Ze keken elkaar even aan, balend van deze gemiste kans. Wat ze dan ook weg wilde brengen, het was nu zeker niet meer te vinden.

'Dus wat doen we?'

'Lysette van Beek is sterker dan Henk van Millegen. Ik stel voor dat we hem verhoren. Een beetje derdegraads verhoor, en hij komt wel met details,' stelde Van Opperdoes voor.

‘Denk je dat hij ze vermoord heeft?’

Van Opperdoes peinsde. ‘Als hij er iets mee te maken heeft dan denk ik dat hij weet wie het gedaan heeft. En waarom.’

‘Oké. Misschien moeten we nog wel even iets anders doen. Nu we hier toch zijn. Niet helemaal onbelangrijk trouwens,’ zei Jacob.

‘Wat dan?’

‘De psychiater is bij Martin Simons geweest.’

‘En?’

‘Hij wil dringend met ons praten.’

Hoofdstuk 19

Peter van Opperdoes en Jacob liepen de binnenplaats over naar de cellenaccomodatie. Via een beveiligde deur konden ze naar binnen. In een apart kamertje zat de psychiater, die verbonden was aan de GGD, wat formulieren in te vullen. Hij stak zijn hand uit. 'Hielema, hoe maakt u het?'

'Altijd gevaarlijk als een psychiater dat vraagt.'

Hielema grijnsde.

'Maar het gaat prima, dokter. Met u ook, hoop ik. U had om ons gevraagd?'

'Ja, zeker. Normaal gesproken kan ik niet veel zeggen, maar omdat in dit geval justitie om een analyse heeft gevraagd, voel ik me vrij u even op de hoogte te brengen.'

'Wat vindt u van hem?'

'Interessant geval. Interessant. Ik had een gesprek met hem, een rustig kennismakingsgesprek. Ik heb het dossier even ingekeken, en ik ging toen over naar de foto's. Het viel me op dat een aantal foto's van zijn ex-vriendin, het slachtoffer, bewerkt waren, zeg maar. Ogen uitgekrast en dergelijke. Martin gaf aan dat niet gedaan te hebben. Hij zou ook niet weten wie wel.'

Van Opperdoes fronste. 'Dat kan bijna niet. Hij is de enige die daar in huis woont en de sleutel heeft.'

Jacob schudde zijn hoofd. 'Die vriendin van hem is er ook geweest. Fleur Jansen.'

'Maar die zegt daar nooit geweest te zijn. En gek genoeg geloof ik haar.'

De psychiater knikte. 'Ik denk ook dat u haar kunt geloven.'

‘Maar dat kan dan niet. Er is één bewoner, en één sleutel, voor zover wij weten.’

De psychiater glimlachte even. ‘U heeft gelijk. Er is wel een bewoner, maar er zijn toch twee mensen.’

Van Opperdoes begreep het plotseling. ‘Martin Simons heeft een dubbele persoonlijkheid.’

De psychiater knikte. ‘Zo werd het wel genoemd. Het is een dissociatieve identiteitsstoornis, oftewel DIS. Het is natuurlijk maar een eerste snelle diagnose, maar ga er maar van uit dat dit zo is. De man die zo stil op zijn matras zit, is Martin Simons. Maar de andere persoonlijkheid, om het zo maar even te zeggen, de “alter” zoals wij het noemen, is een heel ander type.’

Van Opperdoes keek Jacob aan. ‘Dat is Simon Martins. Hij heeft geen valse naam opgegeven. Hij noemt zichzelf zo.’

‘Maar dat betekent...’ zei Jacob.

‘Dat betekent dat Martin Simons naar de Lauriergracht is gegaan, met zijn telefoon. Maar dat is niet de telefoon van Simon Martins. Misschien is Martin Simons wel naar de Lauriergracht gegaan, en wist hij van niks. En misschien heeft Simon Martins daarvóór de moorden wel gepleegd...’

Jacob keek de psychiater aan. ‘Kunnen de persoonlijkheden van elkaar weten dat ze bestaan, al is het oppervlakkig?’

‘Alles kan. Het brein is een groter raadsel dan wij ooit kunnen oplossen.’

Jacob reageerde opgetogen. ‘Weet je nog dat hij zei dat hij had getwijfeld of hij de moord misschien gepleegd had? Dat bedoelde hij dus. Hij weet het, dat er meer persoonlijkheden in hem schuilen. Maar de ene vertelt niet alles aan de andere.’

‘Dat is mogelijk,’ zei Hielema.

‘We moeten met hem praten. Nu.’

Jacob en Van Opperdoes stonden voor de cel van Simons.

‘Het is wel raar,’ vond Jacob. ‘Het zijn eigenlijk twee aparte mensen. Moeten ze nu ook twee advocaten hebben?'

'Ben jij gek...' Van Opperdoes deed de deur open. Martin Simons zat op het matras. 'Martin, wij willen even met Simon praten.'

Martin keek op.

'Simon. Kunnen we even met jou spreken?'

Langzaam veranderden de ogen van Martin. Ze werden scherper, feller. Bijna net zoals ze ze eerder hadden gezien. Ook de houding van Martin veranderde. Hij werd Simon Martins.

'Wat wil je?'

Zelfs de stem leek anders.

'Het gaat om Sylvia.'

'Die ken ik, ja. Wat is daarmee?'

'Die is dood. Ze is vermoord.'

'Ik heb het gehoord, ja.'

'Van wie heb je het gehoord?'

'Van Martin. Hij was heel verdrietig.'

'Jij niet?'

Simon haalde zijn schouders op. 'Het maakt me niet uit. Is dat gezeur misschien een keer afgelopen. Dat gejank om dat mens.'

'Heb jij het gedaan, Simon?'

Heel langzaam schudde Simon zijn hoofd. 'Waarom zou ik dat doen?'

'Om ervan af te zijn...'

Simon haalde zijn schouders op. 'Ik had er nou ook weer niet zoveel last van. Bovendien, als ik Martin de moorden zou laten plegen, ga ik ook de gevangenis is. Hij maakt namelijk vast een stomme fout. En daar heb ik geen zin in. Dus nee, ik heb het niet gedaan.'

'En jij hebt het Martin ook niet laten doen?'

'Nee. Die zou dat trouwens nooit kunnen. Daarvoor is het te veel een watje.'

'Jij neemt het wel vaak over van hem, toch? Zo tussendoor?

We hebben jou volgens mij al een paar keer gezien, in ons vorige gesprek. Af en toe kwam jij heel even naar boven.'

Simon grijnsde. 'Je bent slim, rechercheur. Je krijgt een tien voor speurwerk. Nu moet je alleen nog even de echte moordenaar oppakken.'

Van Opperdoes keek hem lang aan. 'Is er nog iemand, naast jou en Martin?'

'Leuk bedacht, maar nee. Dit is het. Ik vind het wel genoeg trouwens. Meer plek is er niet in dit lichaam.'

'Dank je wel, Simon.'

Simon knikte. De ogen van Simon werden matter, doffer. Hij zakte weer op het matras. Martin was terug.

'En?' vroeg Jacob, terwijl ze de grote trappen van het hoofdbureau afliepen.

'Hij is het niet.'

'Welke hij?' vroeg Jacob met een harde grijns. 'Man, ik heb nog nooit zoiets gezien.'

'Allebei zijn ze het niet. Hoewel ik meteen geloof dat Simon Martins tot een moord in staat is.'

'Dat is een moordenaar die zich als een wolf in het schaap Martin Simons verstopt.'

'Ja, zo kan je het wel zien, ja.'

'En hij kan liegen.'

Van Opperdoes knikte langzaam. 'Ook daar heb je gelijk in. We hebben niets meer dan wat hij zegt. Hij kan inderdaad 's ochtends vroeg al, in de persoonlijkheid van Simon Martins, de moorden hebben gepleegd. Daarna is hij naar huis zijn gegaan. Later is de nietsvermoedende persoonlijkheid Martin Simons weer naar de Lauriergracht gegaan, om Sylvia te stalken. En tot zijn schrik zag hij dat de politie de gracht had afgezet. Want hij wist niets van de moorden die zijn andere persoonlijkheid had gepleegd.'

Jacob dacht hardop na. 'Dat kan heel goed. Want Martin wist niets van wat Simon deed, maar Simon wist wel wat Martin deed.'

Van Opperdoes knikte. 'Ik ben geen psychiater, maar het zal wel iets met een dominante persoonlijkheid te maken hebben.'

Jacob hield de deur open voor Van Opperdoes, waarna ze instapten in de auto. De oude rechercheur opende het dossier, en bladerde erin. Hij bekeek wat ze tot nu toe aan aanwijzingen en bewijs hadden. Het was bar weinig, hoewel er genoeg aanwijzingen waren. De meeste hadden ze inmiddels wel nagetrokken. Hij las de personeelslijst van de Havenstraat nog eens door. Weer viel het hem op dat Lysette van Beek er niet op stond.

'Henk van Millegen heeft opdracht gegeven haar van de lijst te houden. Ze is twee maanden geleden in de Havenstraat gaan werken. Sinds die tijd is Dennis Koster van slag. Van Millegen heeft iets met Lysette. Ik wil er iets om verwedden dat hij haar gebeld heeft, terwijl wij naar haar onderweg waren. Daar zit de oplossing, Jacob.'

Jacob kon hem geen ongelijk geven. Van Opperdoes bladerde verder. Hij zag de foto's van mevrouw Koster, en keek er nog eens goed naar.

Toen bladerde hij terug naar de foto's die Hugo en Ton gemaakt hadden, van het plaats delict op de Lauriergracht. Hij sloeg de bladzijden met de foto's heen en weer. 'Kijk eens? Wat valt je op?' vroeg hij aan Jacob.

Jacob keek. Het was dezelfde inrichting in het appartement aan de Lauriergracht. Maar op alle foto's die mevrouw Koster gegeven had, en waar Dennis nog vrolijk en levend op stond, was te zien hoe netjes en opgeruimd de woning was. Terwijl op de foto's van Hugo en Ton te zien was hoe de woning veel rommeliger was, en hoe de kasten openstonden.

‘Rij eens naar de Raampoort?’

Jacob startte de auto.

Met twee treden tegelijk liep Van Opperdoes de trap op, waarna hij in de recherchekamer de zak pakte die Hugo en Ton hadden teruggebracht na het onderzoek. Hij zocht de autosleutels die waren aangetroffen in de auto van Dennis Koster. Hij pakte de bos en keek ernaar. ‘Zie je?’

Jacob keek, maar zag niets. Het was een bosje sleutels.

‘De sleutel van de Lauriergracht zit er niet meer aan. Herinner je je nog dat Sylvia Oosterbaan twee sleutels aan haar bos had? Een van haar eigen woning en een sleutel van de woning van Dennis. Omdat ze een verhouding hadden. Dat was een apart merk. Maar die sleutel is van deze bos afgehaald. De moordenaar heeft Dennis vermoord, de sleutel van zijn bos afgehaald, en is naar de Lauriergracht gegaan om iets te zoeken. De moordenaar was binnen, heeft de woning doorzocht, en kastjes open laten staan. Toen is de moordenaar verrast door Sylvia Oosterbaan, die binnenkwam met haar eigen sleutel. Daar had de moordenaar geen rekening mee gehouden. Hij of zij heeft toen Sylvia vermoord. Met de gedachte dat Dennis op het oog toch zelfmoord gepleegd had, paste dat precies in een verhaal.’

Jacob knikte langzaam. ‘Alleen konden wij erachter komen dat Dennis vermoord was vóór Sylvia.’

‘Daar heeft hij of zij even niet aan gedacht op dat moment. De moordenaar is snel weggegaan, nadat Sylvia dood was.’

‘Maar wat zocht de moordenaar dan?’

‘Datgene wat Lysette in haar auto had liggen toen ze snel weg wilde rijden.’

‘En wat was dat?’

Van Opperdoes haalde zijn schouders op. ‘Dat gaan we nu vragen.’

'Aan wie?'

'Aan de zwakste schakel van de twee.'

De deur van de Havenstraat gleed open, en Lysette van Beek kwam naar buiten lopen. Van Opperdoes en Jacob stonden haar op te wachten. Ze had een verbaasde blik in haar ogen, toen ze beide rechercheurs de hand schudde.

'Ik ehhh... ben een beetje verbaasd dat u hier buiten met mij wil spreken?'

Van Opperdoes glimlachte. 'Ik had het binnen nu wel een beetje gezien, en het leek me prettig om even, zogezegd, in alle vrijheid met u te kunnen spreken.'

'Waar gaat het over? Waar wilt u het over hebben dan?'

'Over Dennis Koster.'

'Daar hebben wij het al over gehad. Ik zou niet weten wat ik er verder over moet zeggen.'

'Zullen wij dan wat vragen stellen?'

Ze ging staan, met haar armen defensief over elkaar. 'U gaat uw gang maar, maar ik heb echt geen idee waarom u nu weer met mij wilt praten.'

Van Opperdoes hief zijn hand op. 'Wacht nou eerst even tot u weet wat wij gaan vragen, voordat u uw hakken in het zand zet.'

'Ik zet mijn hakken helemaal niet in het zand, maar ik heb binnen ook nog wel het een en ander te doen.'

'Klopt het dat Henk van Millegen u gebeld heeft, om te zeggen dat wij naar u toe kwamen?'

'Sorry? Waar gaat dit nu weer over?'

'Precies wat ik vraag. Wij kwamen elkaar tegen toen u weg wilde rijden. Precies op het moment dat wij van de Havenstraat af kwamen. Had Van Millegen u gebeld?'

'Natuurlijk niet.'

'Wat ging u toen doen?'

'Ik geloof dat ik u dat gezegd heb. Boodschappen of zo. Dat weet ik allemaal niet meer.'

Van Opperdoes glimlachte. 'Boodschappen. U ging geen dossier wegbrengen?'

Het gezicht van Lysette verstrakte. 'Wat voor dossier?'

'Het dossier dat Dennis Koster aan het samenstellen was. Over uw corruptie bijvoorbeeld. Over het feit dat de gevangenen u geld betaalden voor de spullen die u hen bracht. Verdovende middelen. Mobiele telefoons. Boodschappen van buiten. Aan Barry Jonker bijvoorbeeld. Maar ook aan anderen. U had er een hele handel bij.'

De lip van Lysette begon te trillen.

'Het dossier waar Dennis mee bezig was om u aan de kaak te stellen. Het dossier dat hij thuis op de Lauriergracht bewaarde, en dat u daar bent gaan zoeken, nadat u hem vermoord had.'

Jacob keek haar strak aan. 'De Lauriergracht, waar u Sylvia wurgde, nadat zij binnen was gekomen en u betrapte tijdens het zoeken naar dat dossier.'

Het duurde enkele seconden voordat Lysette iets uit kon brengen. 'Onzin. Wat een onzin. Wat een smerige verzinsels. Ik ga hier weg. Ik weiger om...'

Van Opperdoes pakte haar arm vast. 'U blijft gewoon hier, mevrouw Van Beek. U bent aangehouden voor een tweevoudige moord. De reden dat we u naar buiten hebben laten komen, is omdat wij geen commotie in de gevangenis wilden.'

Lysette bleef staan. Verslagen. 'Waar halen jullie deze onzin vandaan?' vroeg ze, maar het klonk al een stuk zwakker.

Van Opperdoes draaide zich om, en nu werd voor haar de rechercheauto zichtbaar, die achter hem stond. Op de achterbank zat Henk van Millegen, met zijn handen geboeid achter zijn rug.

'Uw vriend heeft een volledige bekentenis afgelegd. Hij is degene geweest die u gewaarschuwd heeft dat Dennis Koster bij hem was gekomen met zijn verdenkingen jegens u. Hij heeft tegen u gezegd dat Dennis bezig was om bewijs tegen u te verzamelen. Samen heeft u dit plan verzonnen en u heeft het uitgevoerd.'

Lysettes gezicht vertrok zich tot een woedende grimas. 'Vuile slappe zak die je bent! Kon je je bek weer niet houden! Ze hadden niks! Niks hadden ze!!' schreeuwde ze naar de auto waar Van Millegen in zat.

Jacob pakte haar vast en deed haar handboeien om. Hij bracht haar naar de overkant, waar Ukkie en Vincent met een politieauto stonden te wachten om haar over te brengen. Schreeuwend en tierend werd Lysette afgevoerd.

In de rechercheauto zat Henk van Millegen met gesloten ogen achterover geleund.

Van Opperdoes haalde diep adem. De zaak was opgelost. 'Zo zat het dus, we hadden gelijk. Gelukkig maar.'

Jacob haalde zijn autosleutels tevoorschijn. 'Het was mooi speurwerk. Kom, we gaan hem in de cel gooien.'

'Ja, en daarna gaan we meteen naar West. Hoe triest de situatie ook is, voor de moeder van Dennis zal het misschien toch iets van troost zijn dat we de moordenaar hebben, en dat haar zoon het goede heeft willen doen.'

De maandag werd weer een lange dag. Zowel Henk van Millegen als Lysette van Beek legden een volledige verklaring af, waarbij Lysette brak en toegaf beide moorden gepleegd te hebben. Ze gaf details over de moord en het slachtoffer in de auto, die alleen de dader kon weten. Ook verklaarde ze over de plek waar ze het dossier van Dennis Koster had gelaten en van wie ze het moordwapen had gekocht. Er was geen enkele twijfel over het feit dat zij Dennis Koster en Sylvia Oosterbaan had vermoord.

Laat in de avond deed Van Opperdoes de deur naar het dakterras van bureau Raampoort open. Hij ging bij de oude kantelen staan die het bureau het aanzicht van een kasteel gaven.

Zijn blik ging over de Jordaan, terwijl hij overdacht wat er allemaal gebeurd was.

Jacob kwam naast hem staan en gaf de oude rechercheur een fijne sigaar.

'Dat hebben we wel verdiend.'

Tevreden stak Van Opperdoes de sigaar aan, trok er aan en blies de rook weer uit, die langzaam over de daken van de Jordaan verdween.

'Dit is toch wel een van de meest aparte zaken waar ik aan gewerkt heb,' vond de oude rechercheur.

'Met een van de meest... enge verdachten,' vulde Jacob aan.

'Blij dat die in ieder geval vast zit en goed behandeld wordt.'

Twee lichtpuntjes gloeiden op.

'Hier zou een mooi glas whisky bij passen,' vond Van Opperdoes.

'Jammer dat het een politiebureau is.'

Van Opperdoes keek hem verbaasd aan. 'Jij drinkt toch niet?'

'Heel... heel soms. Bij aparte gelegenheden. Ik rook normaal gesproken ook niet.'

Van Opperdoes keek op zijn horloge. 'We gaan er een punt achter zetten, lijkt me. Jij moet naar je lieve vrouw toe.'

'Ze mist me,' mijmerde Jacob. 'Ik ga ook gauw. Maken we er nog een fijne avond van.'

Van Opperdoes knikte. 'Je hebt gelijk... Geniet er van zoveel als je kan.'

Jacob keek zijn collega in de ogen, en glimlachte.

Bij café Papeneiland scheen een warm licht naar buiten, maar binnen was het rustig. Carlo zag Van Opperdoes langslopen en zwaaide vrolijk. Hij kwam naar de deur toe. 'Glaasje warme melk?'

Van Opperdoes lachte. 'Straks ben ik een of andere ouwe man die niet meer in slaap kan komen zonder een glas warme melk. Kom op, zeg. Doe maar koffie. Ik slaap toch nog niet.'

'Druk geweest?'

'Dat kan je wel zeggen.'

'Zaak opgelost?'

'Dat kan je ook wel zeggen, denk ik,' glimlachte Van Opperdoes.

'Nou. Mooi gedaan. Gefeliciteerd. Dan kan je voldaan gaan slapen, in de wetenschap dat je de wereld weer een stukje veiliger hebt gemaakt.'

Van Opperdoes knikte langzaam, terwijl Carlo weer naar binnen ging om op te ruimen.

Hij dacht daar even over na. 'Een stukje veiliger, ja. Maar ten koste van wat...?' vroeg hij zich af, zacht in zichzelf mompelend.

'Peter, zo mag je niet denken,' zei zijn vrouw bestraffend.

'Het is toch zo? Twee onschuldige mensen zijn dood.'

'Nee, dat is niet zo. Jij werkt bij de recherche. Per definitie kom jij pas in actie als het kwaad al is geschied. Jij kan dat niet voorkomen, jij kan alleen maar zorgen dat het niet nog een keer gebeurt. En dat heb je gedaan. En zelfs meer dan dat, want ook Simon Martins was een tikkende tijdbom. Dus zo zit het, en niet anders.'

Van Opperdoes glimlachte. Zoals altijd bij zijn vrouw, kon hij er weinig tegenin brengen. 'Ja, je hebt gelijk ook...'

'Weet ik toch,' zei zijn vrouw tevreden. 'Ontspan je nu maar lekker. Het is klaar.'

Van Opperdoes zakte achterover in zijn stoel en keek over de gracht. Misschien val ik hier wel in slaap, dacht hij.

Nawoord

Hier ligt een boek waarvan wij, Appie Baantjer en ik, vroeger eigenlijk nooit verwacht hadden dat het er zou komen. Boek 10 in de De Waal & Baantjer-reeks. Ooit begonnen als Baantjer & de Waal, maar na boek twee wilde Appie de volgorde omgedraaid hebben. 'Jij moet langer door dan ik,' was volgens hem de reden.

Appie Baantjer was al een legende binnen de Amsterdamse politie toen ik daar begon als jong agentje in 1979. Het roemruchte centrum van de stad was in die tijd verdeeld in district 2, Bureau Warmoesstraat, en district 3, Bureau Lijnbaansgracht.

De Warmoesstraat was een klein district dat binnen de politie dan ook 'de vierkante kilometer ellende' werd genoemd. De Wallen en vooral de Zeedijk waren in die tijd het zwarte middelpunt van de zo hevig opgekomen verdovende middelen van de jaren zeventig.

Als agent in de binnenstad assisteerde je vaak in andere districten, en vooral de collega's van de binnenstad hielpen geregeld in het gebied van de buren.

Bureau Warmoesstraat bestond uit vijf oude panden, die onderling verbonden waren door trappetjes en doorgebroken muren. Het was een kruip-door-sluip-doorbureau, waar een geheel eigen sfeer hing, heel anders dan mijn eigen bureau Lijnbaansgracht.

Ik weet nog goed hoe ik als beginnende agent, netjes met een vers getypt proces-verbaal, naar de recherchekamer van de Warmoesstraat ging, om het daar aan te bieden aan rechercheur Baantjer. Vriendelijk en welwillend nam hij het aan. 'Nou, laat maar eens zien wat je er van gemaakt heb, jongen.'

Appie schreef toen al lang en breed boeken en columns, en was een bekende Nederlander. En toch merkte niemand dat aan hem. Het is dezelfde warme en menslievende rechercheur gebleven die hij altijd is geweest. Voor hem was de mens achter dader of slachtoffer altijd belangrijker dan de misdaad zelf. In 1984 ging Appie met pensioen als rechercheur, maar als schrijver ging hij met groot succes door.

Twee jaar later werd ik rechercheur in de binnenstad van Amsterdam. District 2 en 3 werden samengevoegd, en als rechercheur heb ik nog menig jaar op de plek van Appie aan de Warmoesstraat gewerkt. Begin jaren negentig werd ik scenarioschrijver, en was ik onder andere betrokken bij de start van de tv-serie *Baantjer*. Zo kruisten de wegen van Appie en mij zich weer en zagen wij elkaar regelmatig. Toen al ontstond het idee om 'iets samen te gaan doen'. Per slot van rekening hadden we dezelfde recherche-achtergrond, wat een onbreekbare band opleverde.

Toch duurde het lang voordat onze plannen realiteit werden. Appie had het druk met zijn boeken en al zijn bezoeken in het land, en ik schreef scenario's voor veel films en tv-series. Het ontbrak ons domweg aan tijd om samen te gaan zitten en iets te verzinnen.

Appie is blijven schrijven tot april 2007, de maand dat zijn lieve vrouw Marretje overleed, met wie hij meer dan vijftig jaar getrouwd was. Marretje was zijn grote liefde, zijn steun en toeverlaat, zijn rots in de branding. Vanaf dat moment had Appie geen zin meer in schrijven. Zijn verdriet over Marretje was te groot. De Cock, zijn grote held, ging met pensioen.

We hielden contact, en in november 2007 waren Appie en ik te gast in een talkshow van Theodor Holman, waar het plan weer opdook om samen iets te doen.

We spraken af in zijn huis in Medemblik, waar we een dag zaten te praten, te lachen, en herinneringen op te halen. ‘Zet twee rechercheurs uit de binnenstad van Amsterdam bij elkaar, en je hebt duizend verhalen,’ zou Appie daarna altijd zeggen. En zo was het ook. Maar het was ook een emotionele dag. Appie vertelde over zijn verdriet, over zijn herinneringen aan Marretje, en aan de dagen dat hij naar de begraafplaats ging om bij haar graf te zitten en haar daar verhalen te vertellen.

Dat we samen daadwerkelijk zouden gaan schrijven, begon die dag.

Zouden we De Cock en Vledder weer tot leven brengen? Nee, zei Appie. De Cock is met pensioen, die man heeft zijn rust verdiend. We gaan twee nieuwe helden verzinnen.

Rechercheur Van Opperdoes werd die dag bedacht – vernoemd naar een klein plaatsje vlak bij Appie’s woonplaats Medemblik, simpelweg omdat ‘rechercheur van Medemblik’ niet lekker klonk. En de Warmoesstraat, dat was dan ook geen optie. Heel snel hadden we de plek waar het nieuwe verhaal zich zou afspelen gevonden: de ‘veel bezongen Jordaan’, zoals Appie het noemde.

En toen moesten we de hoofdpersonen verzinnen.

‘Laten we een rechercheur nemen, die zijn vrouw net verloren is...’ stelde Appie voor. En dat maakte mij stil, want ik wist dat Appie daarmee zichzelf voorstelde.

‘... maar hij praat nog wel met haar,’ vervolgde hij toen.

En dat maakte mij nog stiller, want ik kende zijn verhalen over zijn bezoeken aan de begraafplaats.

Zo was rechercheur Van Opperdoes geboren.

Ik was ontroerd, en Appie keek mij aan.

Ook Appie was geroerd, maar al snel zag ik – eindelijk – weer pretlichtjes in zijn ogen komen.

‘En dan nemen we als tweede rechercheur een ietsje te dikke jongere rechercheur, die van lekker eten houdt...’ zei hij.

Ik moest lachen. 'Dank je wel...'

En daarmee was Jacob geboren, vernoemd naar een dierbare, helaas veel te vroeg overleden collega van de Lijnbaansgracht.

Ik ging die dag weg met een fijn gevoel. Het was een mooie dag geweest, en ik had Appie weer volop zien lachen bij het ophalen van herinneringen en het verzinnen van verhalen. Twee weken later stond er een boodschap op mijn antwoordapparaat, veel sneller dan ik had verwacht: 'Met Baantjer. Ik heb een hoofdstukkie klaar.'

Die vrijdag, zomer 2008, reed ik naar Medemblik, met een paar verse tompoezen bij me, van onze warme bakker.

Appie overhandigde mij plechtig een aantal volgetypte A4'tjes. Ik las ze, en het was prachtig. Helemaal Baantjer, en toch anders. Sfeervol, warm, en spannend.

'Nu ga jij hoofdstuk twee schrijven. Op basis van dit. En dan schrijf ik hoofdstuk 3 weer daarna. En zo gaan we verder.' Toen pakte hij een mooie fles witte wijn.

En zo ging het verder. Om en om schreven we een hoofdstuk, niet wetend waar we naartoe zouden gaan. Appie schepte er een duivels plezier in om het mij moeilijk te maken. Had ik geschreven dat het slachtoffer enigst kind was, dan schreef hij prompt in een hoofdstuk later dat de zuster van het slachtoffer ineens opdook.

'Dat kan helemaal niet, Appie. Heb je niet gelezen wat ik geschreven had?'

Weer die pretlichtjes... 'Jawel hoor. Red je er maar uit.'

Iedere vrijdag zaten we bij elkaar, met tompoezen en een mooie wijn uit Appies collectie. Pratend, lachend, af en toe wandelend met Appies hond Appie.

Appie Baantjer had er weer plezier in. Het schrijven deed hem goed, hij keek uit naar onze vrijdagen. We hadden geen idee wat het zou worden, hoe het zou gaan, maar de lol was onbetaalbaar.

Appie had humor, en ook die typische zwarte politiehumor. Vele mensen zouden het niet begrijpen, en Appie kon zich dan ook vaak niet helemaal laten gaan, maar wat hebben we gelachen.

Uiteindelijk mondden onze vrijdagen uit in een heus boek: *Een Rus in de Jordaan*. En wat was Appie trots dat het een succes was. Het eerste boek, en alle die daarna volgden ook, werd een bestseller, en alle boeken kregen hele fijne recensies, en zelfs sterren in de *VN-thrillergids*.

'Gaan jullie door?' was een van de meest gestelde vragen na het eerste en tweede boek. En ons antwoord was altijd: we zien het wel. Zolang als het leuk is, zeker.

En het bleef leuk. De vrijdagen werden legendarisch. We gingen het land in, signeren, samen eten, en altijd was het feest.

Er volgde een tweede boek, en een derde, en plannen voor zoveel meer...

Totdat Appie plotseling ziek werd en overleed, in augustus 2010, op 86-jarige leeftijd. Tot de dag voor zijn overlijden, in het hospice in Alkmaar, hebben we elkaar gezien. Hij was niet bang voor de dood, hij had er vrede mee. 'Ik heb toch een prachtig leven gehad.'

En zo is het. Appie heeft een prachtig leven gehad, en voor mij zijn er prachtige herinneringen aan een dierbare vriend.

Simon de Waal

Café Papeneiland, hoek Brouwersgracht/Prinsengracht

Politiebureau Raampoort

Het trapportaal van bureau Raampoort

Uitzicht vanuit de recherchekamer van de Raampoort

Het trappetje naar de zolder van IJsselstein

Het dakterras van bureau Raampoort

Appie in 2008 met het eerste schildontwerp

Een eigen etalage

Signeren